歌集　いろはうたかた

以呂波泡沫

喜多野朝虫

文芸社

いろは

色は匂へど　散りぬるを
我が世誰ぞ　常ならむ
有為の奥山　今日越えて
浅き夢見じ　酔ひもせず

北国の岬の上の
松の枝
耐え忍ぶ姿を
われは敬う

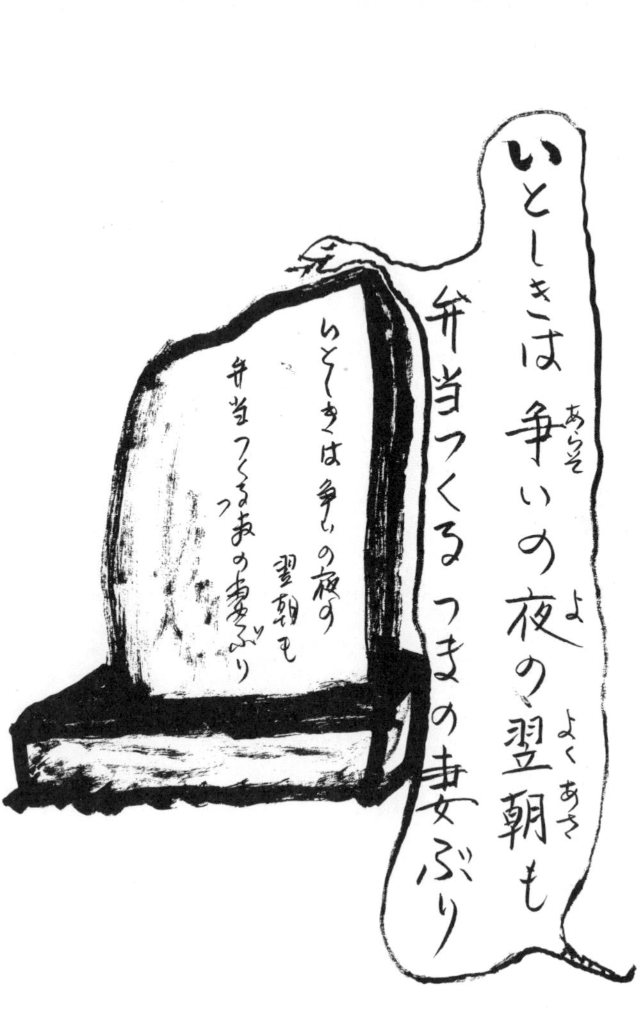
いとしきは 争《あらそ》いの夜《よ》の翌朝《よくあさ》も
弁当つくるつまの妻ぶり
いとしきは争いの夜の
翌朝も
弁当つくる妻の妻ぶり

ありがたいことだ。
夫婦げんかはできるだけした方が良いと思う。互いの人間がよく理解できるようになり、溶け合うように、心の傷みが感じとれる。
陰陽からみ合う宇宙と同じではないか。

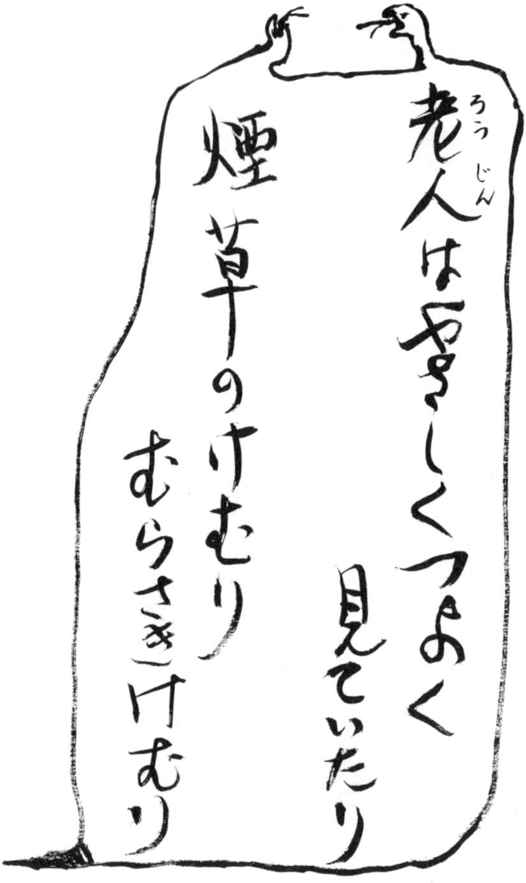
老《ろう》人《じん》はやさしくつよく
見ていたり
煙草のけむり
むらさきけむり

お年寄りの中には、見ている者を魅了し、不思議な心持ちにさせる人がいる。
あらゆることを見て、経験して来たような深みがある。

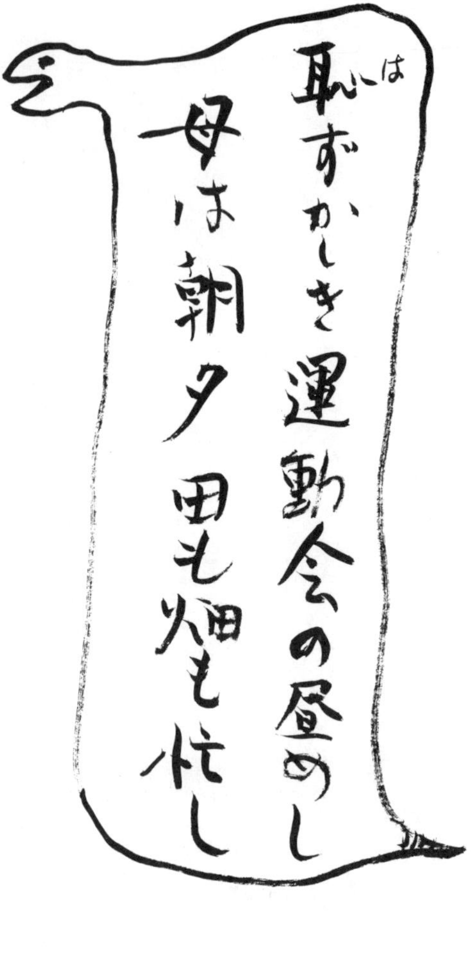
恥《は》ずかしき運動会の昼めし
母は朝夕田も畑も忙し

　母は田や畑を作りながら子供を育てたので、僕には肩身のせまい質素な運動会の昼めしだった。しかし後年、世の中には、沢山そんな経験の人が居たのだと知って楽な気持ちになった。

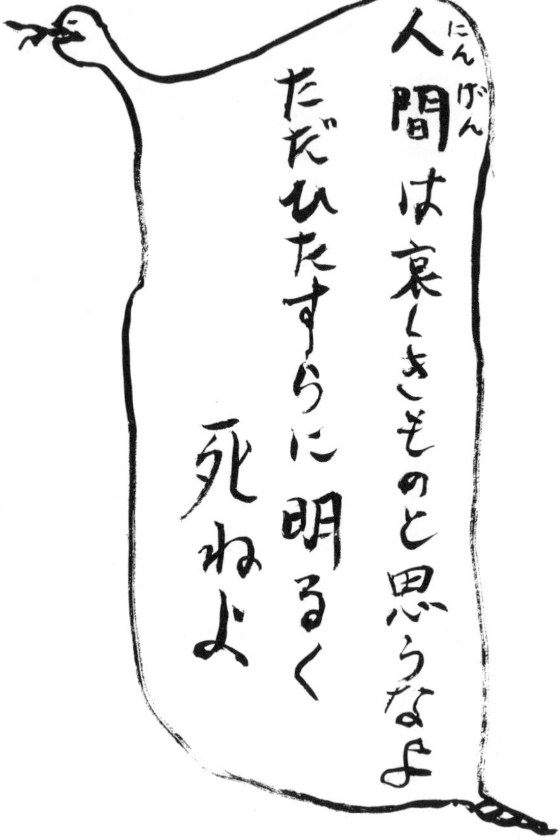

　子供のころ、夜逃げ、親子別れなど聞いたり見たりした。悲しいし哀れだった。
自分もつらいことがあるが、世の中の暗い面より明るい面を見て人間を好きになろうと思う。

ほのぼのとこの世を
去る日の三日前
荒ぶる男の
明治は遠く

明治も終りごろ生れの父、身の丈は六尺で声も大きかった。しかし気が小さく、酒呑みで本好きの男だった。囲碁将棋が強かった。兵隊にもいった。大病もした、大ケガもした。時代が荒っぽいからか、波乱の多い一生だったようだ。亡くなる前は弱々しかった。

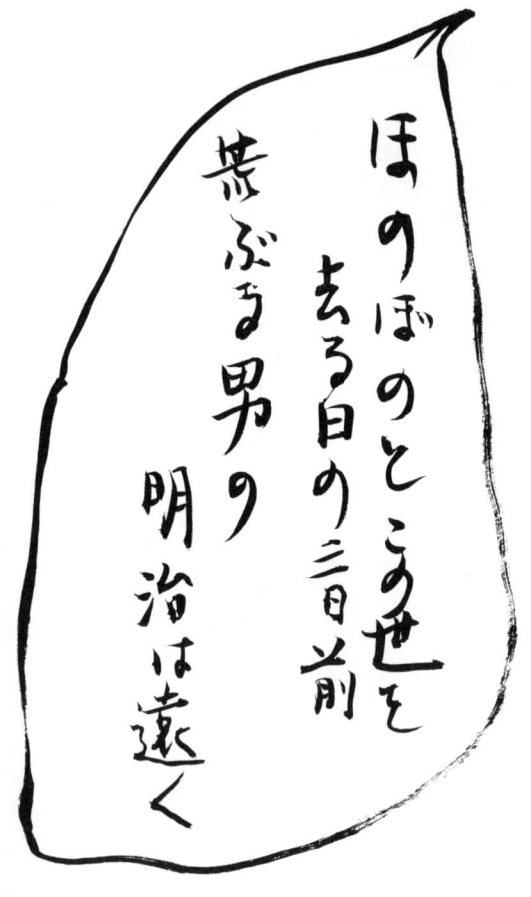

酒

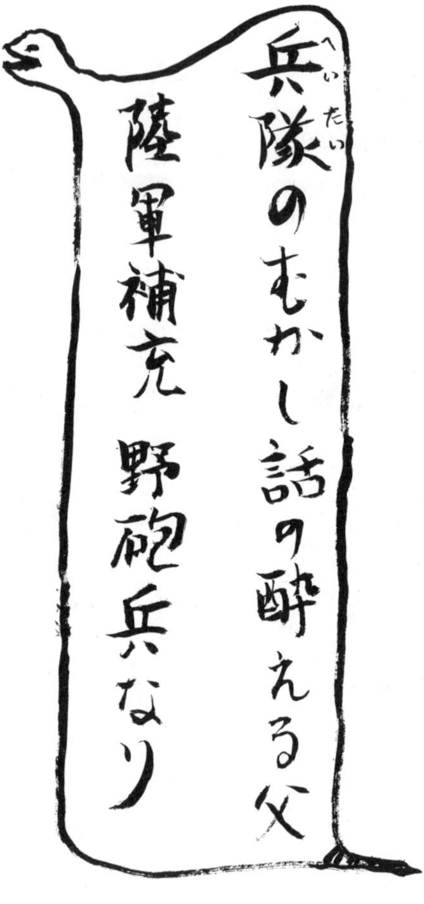
兵隊《へいたい》のむかし話の酔える父
陸軍補充 野砲兵なり

若いころの話をよく酔い乍ら話してくれた。兵隊検査の状況のことを面白おかしく喋ったと思えば、やがて千島列島のどこかの島で、敵機の機銃掃射に出くわし、茶わんぐらいの大きさの石にかくれようとしたと恐しさを語った。

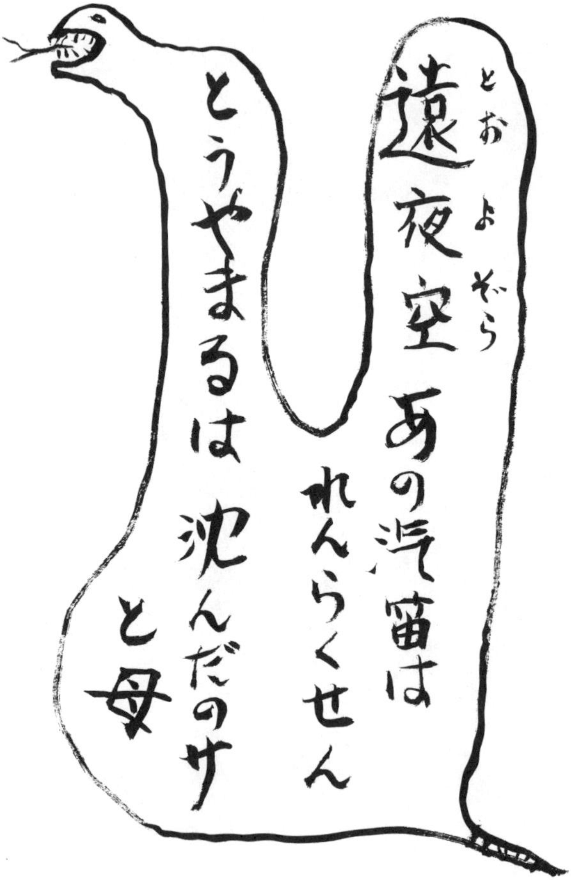
遠《とお》夜《よ》空《ぞら》
あの汽笛は
れんらくせん
とうやまるは
沈んだのサ
と母

タイタニック号沈没に次いで大きな海難事故の洞爺丸の沈没、弟が生れる二ヶ月程前のこと。母は知人を亡くしたのか、連絡船の汽笛が、ボボーッと流れ響く夜に、ときどき僕らに話してくれた。

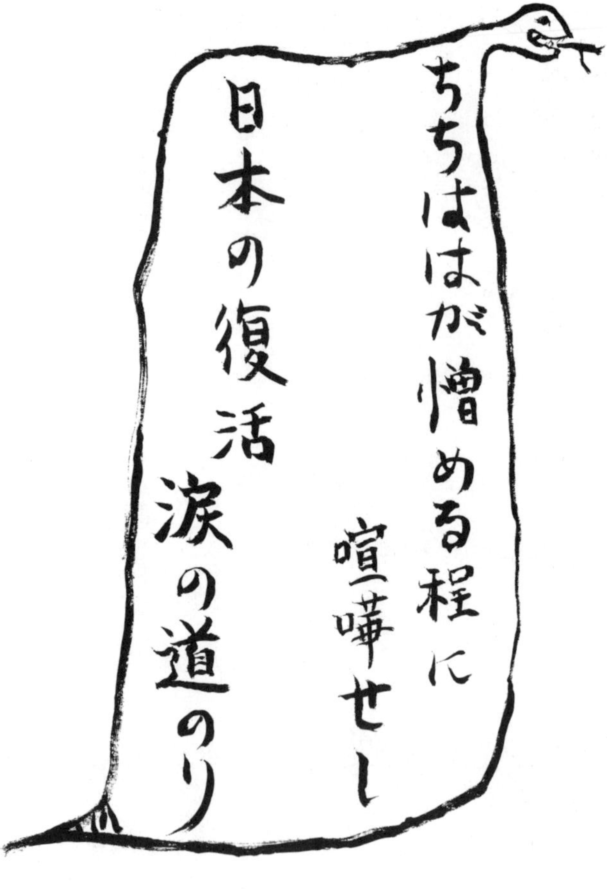
ちちははが憎める程に
喧嘩せし
日本の復活
涙の道のり

　僕の小さいころは、どこの家でも夫婦が大っぴらに喧嘩していた。
衣食住のために男も女も汗にまみれていた。男は酒を浴び、女は以前より強くなっていた。ガタガタ道を走るトラックの荷台に乗っているようだった。

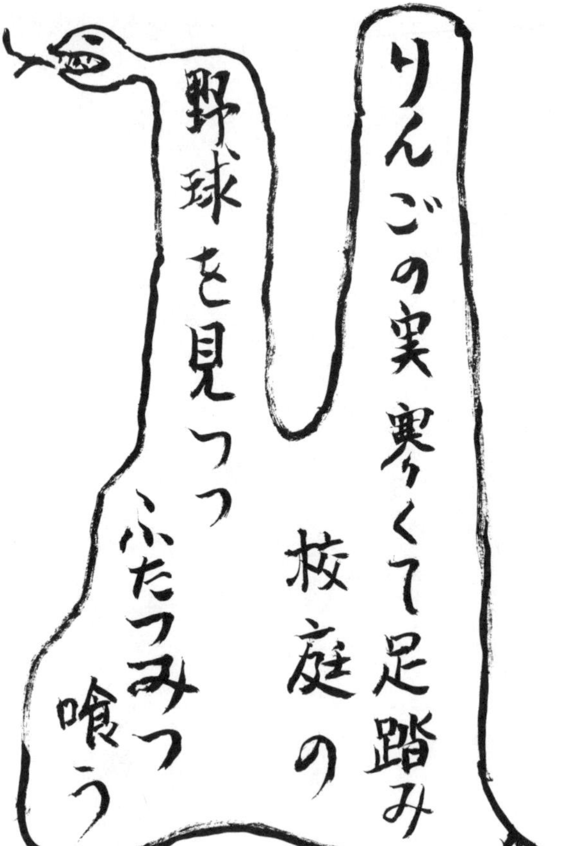
りんごの実
寒くて足踏み
校庭の
野球を見つつ
ふたつみつ
喰う

初雪の降るころは本当に寒かった。
小学校の近くの畑で白い野菊が冷たそうに風に揺れていた。小川の水面はさざ波が光っていた。中学生、小学生混って野球をしていた。
となりのリンゴ園から、収穫もれしたリンゴを取って食べた。鼻水をすすりながら観戦していた。

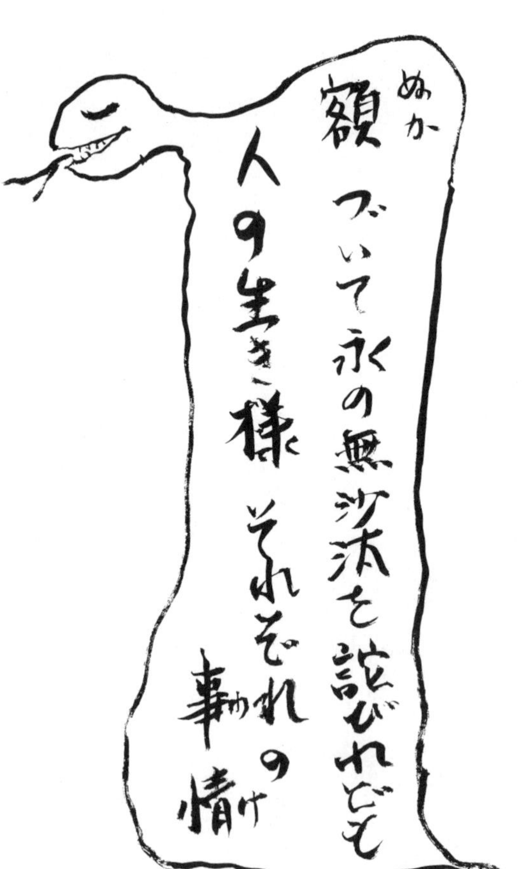

たぶん第二次大戦前後あたり、親子親類が離れて暮し、そのまま互いに往き来せず音信不通であったのだろう。それがあるお盆のとき、僕の父のところにあいさつに来た。

その夫婦の親が亡くなって数年のこと。

これから昔のようにお付き合いしたいとのこと。

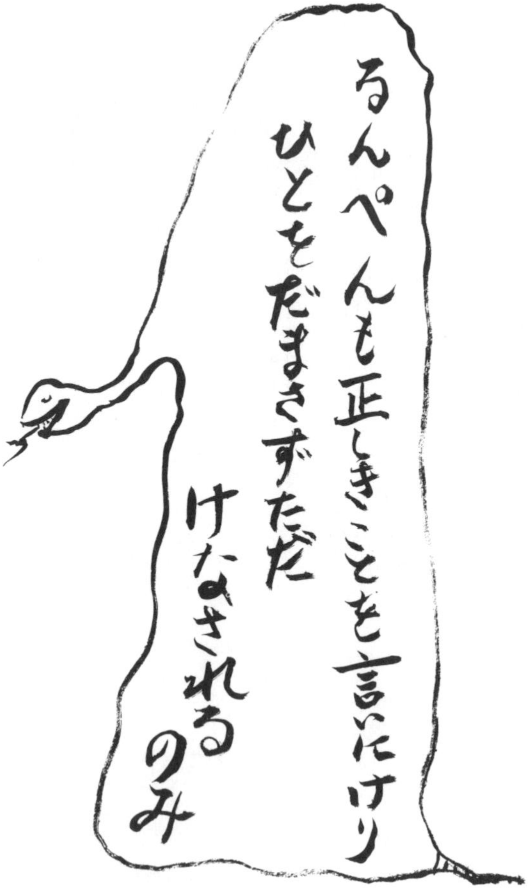
るんぺんも正しきことを言いにけり
ひとをだまさずただ
けなされるのみ

浮浪する人たちのことを思うと、不気味ということもあるが不思議である。
誰か他人と会話するのだろうか。
何かを考えたりしているのだろうか。
無念無想の修行をしているのだろうか。
生を諦らめ、自然に心身を委ねてしまったのだろうか。

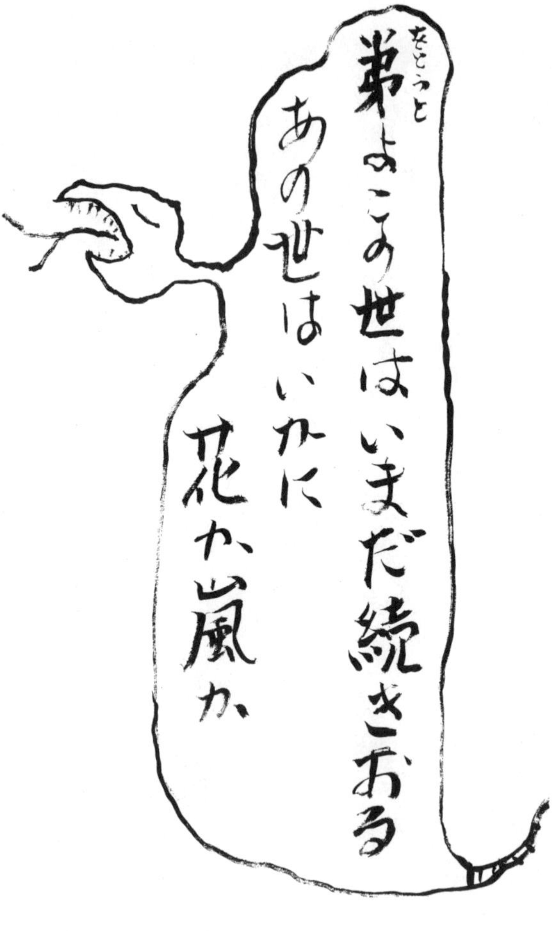
弟《おとうと》よこの世はいまだ続きおる
あの世はいかに
花か嵐か

生きているということは、生と死の綱引きか。あの世や、その世がないなら、この世もないのかな。だからあの世もあるだろうさ。
あの世でも幸せでいて欲しい。
しかし人智の及ばないことだ。

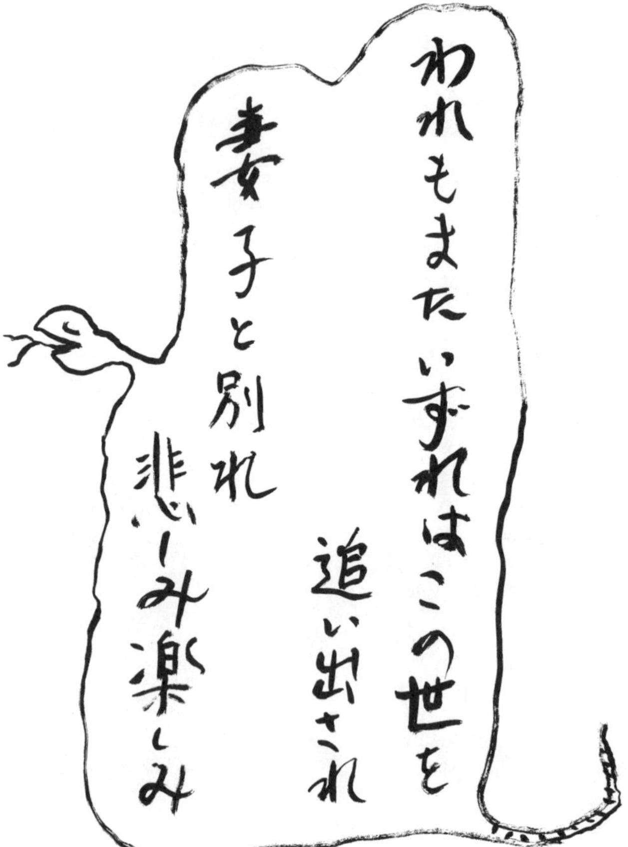
われもまたいずれはこの世を
追い出され
妻子と別れ
悲しみ楽しみ

気がつけば、人とやらを生きている。
縁を得て家族を成して血類を残し、やがて消えていく。自分もその一人で、悲しい一大事であるだろうが、あの世を見てみたい願望もある。戻ってこれたら楽しいような気がする。

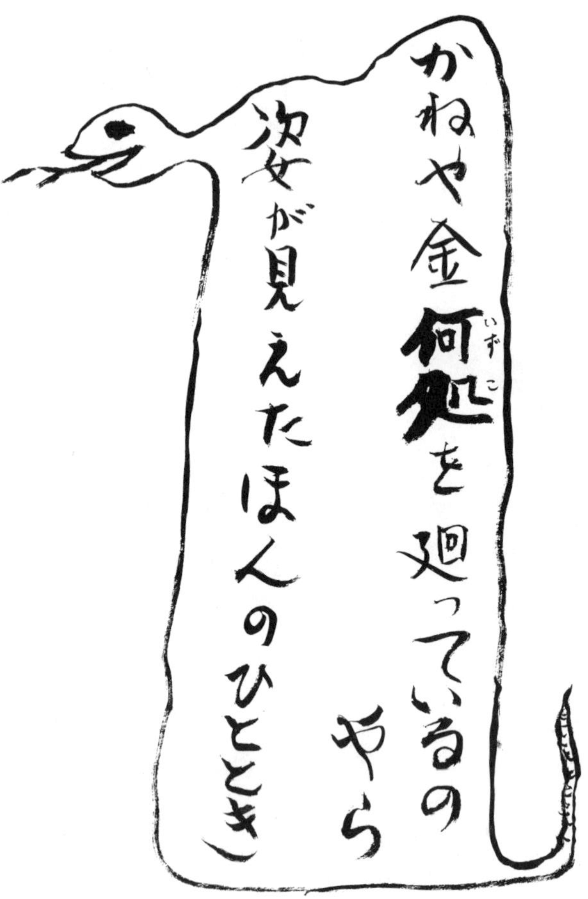
かねや金何処《いずこ》を廻っているのやら
姿が見えたほんのひととき

　お金は動かなければ価値を生じない。
しかし、動きが速すぎて、「ちょっとゆっくりしていってくれ」と言いたい。
やっかいなものだ。あまり長居されても心配事が増えそうだ。

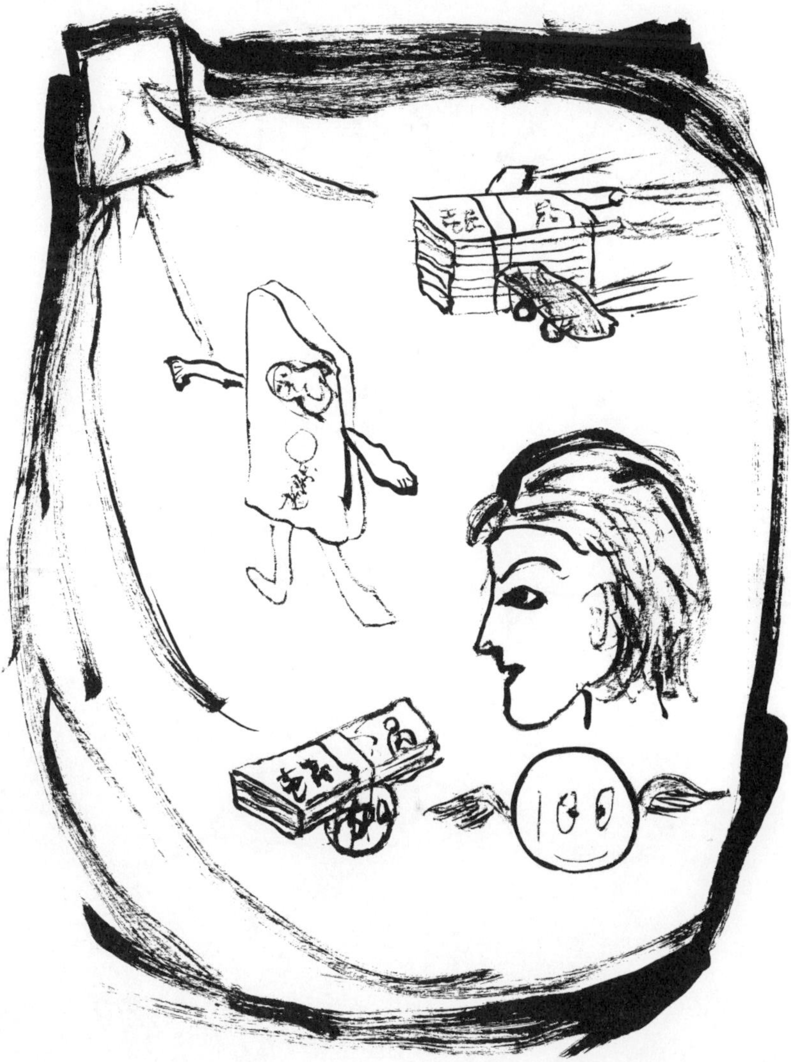
100

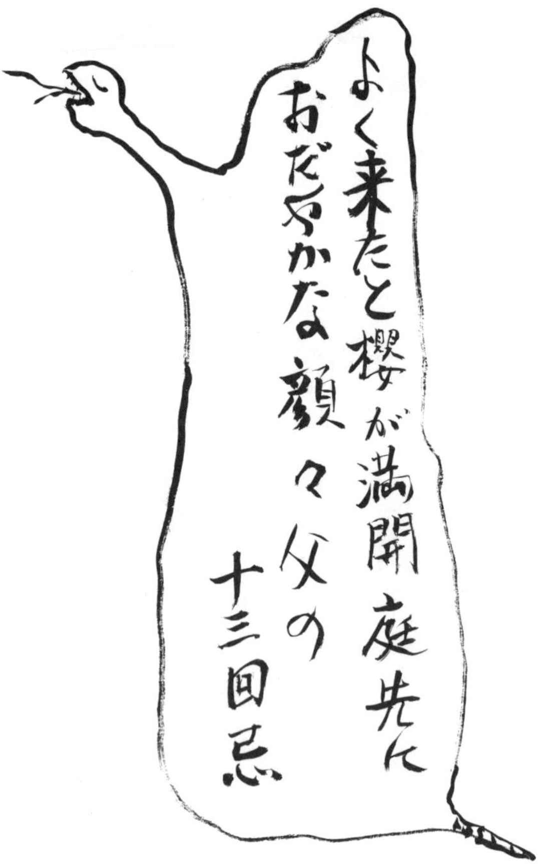

父の命日は、二月であるが、雪が多くて人々が集りにくい。だから春の穏やかな季節に、できれば桜の美しい時候に、にこにこした顔で法要を営んでいただければありがたいと思う。

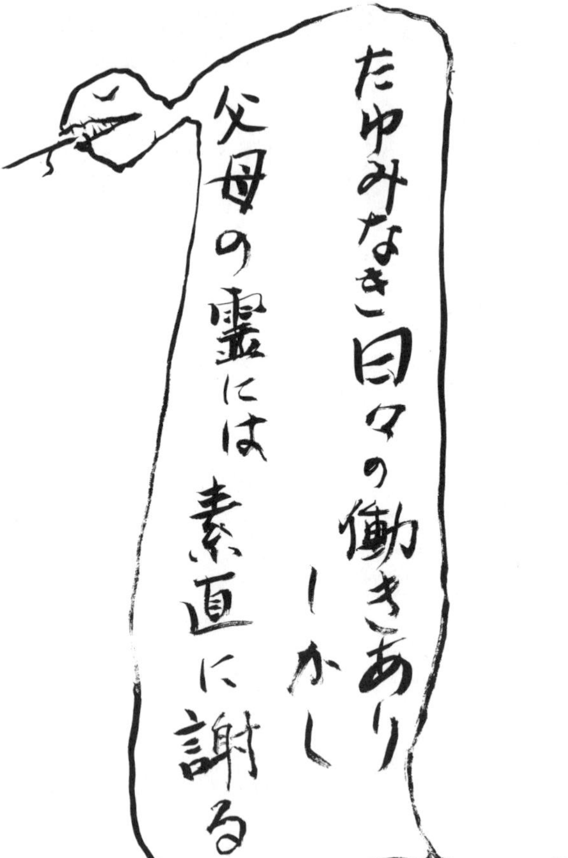
たゆみなき日々の働きあり
しかし
父母の霊には素直に謝る

特別歯をくいしばる訳でもなく、人に誉められる訳でもない、平々凡々ながらなんとか生きていられる程の忍耐力はあると思う。
感謝してます。父母は明治のおそいころの生れ、そのまた父母は明治のはじめの生れ、そのまた父母は江戸時代の生れ、そのまた父母は、……。

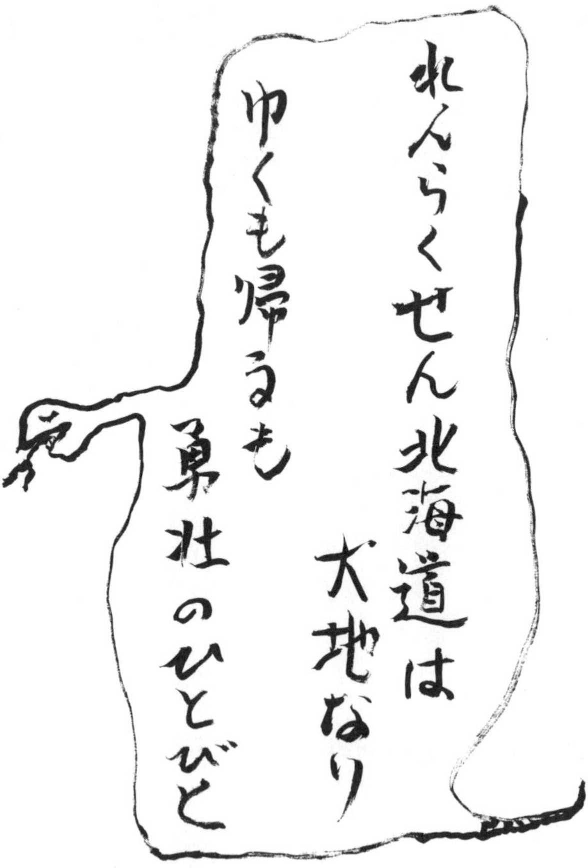
れんらくせん北海道は
大地なり
ゆくも帰るも
勇壮のひとびと

青函連絡船は、明治６年に北海道開拓使の汽船、弘明丸で始まったという。その後、明治41年、鉄道省が英国から新造船二隻を購入し就航させた。日本初のタービン機関船で、1480ｔ、328人乗りの、比羅夫丸と田村丸は、青森函館間を４時間で渡った。そして一日一往復したという。（「青森市の歴史」より）

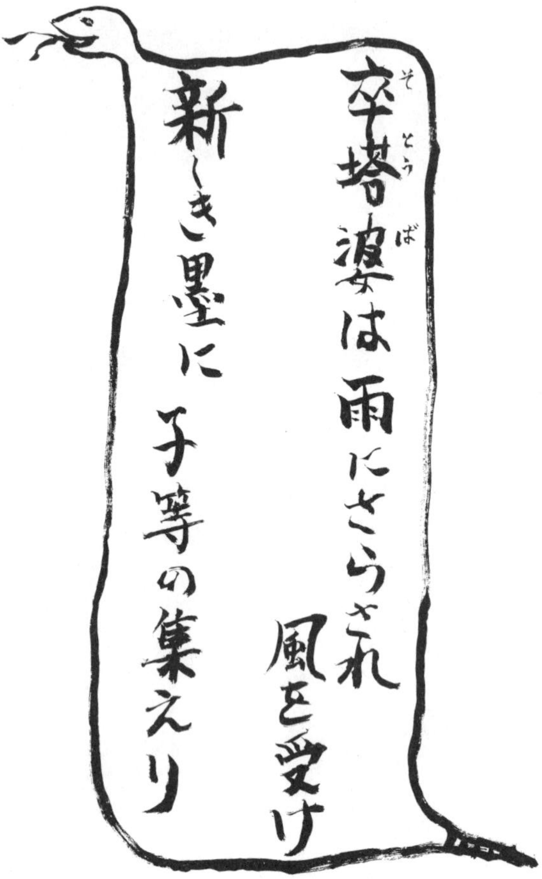
卒《そ》塔《とう》婆《ば》は雨にさらされ風を受け
新しき墨に子等の集えり

東京は、江戸幕府が置かれて以来、どれ程の人が死んだだろう。家が代替りし、又分家したりして、墓地も増えつづけて来ただろう。
今では、墓地用地がないという。
新しい木肌の墨痕鮮やかな卒塔婆が、塀のむこうの墓地に見えていた。

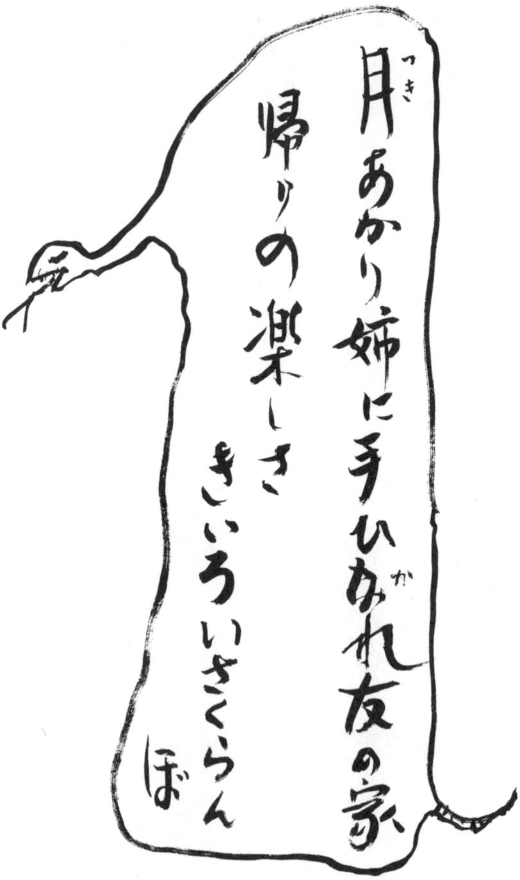
月《つき》あかり姉に手ひかれ友の家
帰りの楽しさ
きいろいさくらん
ぼ

僕の生れたところは、海辺の温泉町で、映画館が二つあり、その一つは家のすぐ近くでした。毎日毎日流行歌が拡声器から空《そら》に流れていました。

姉たちの活き活きとして話す映画や、流行《はや》り唄を聴いて、知らず知らずのうちに、その言葉と情緒が好きになりました。

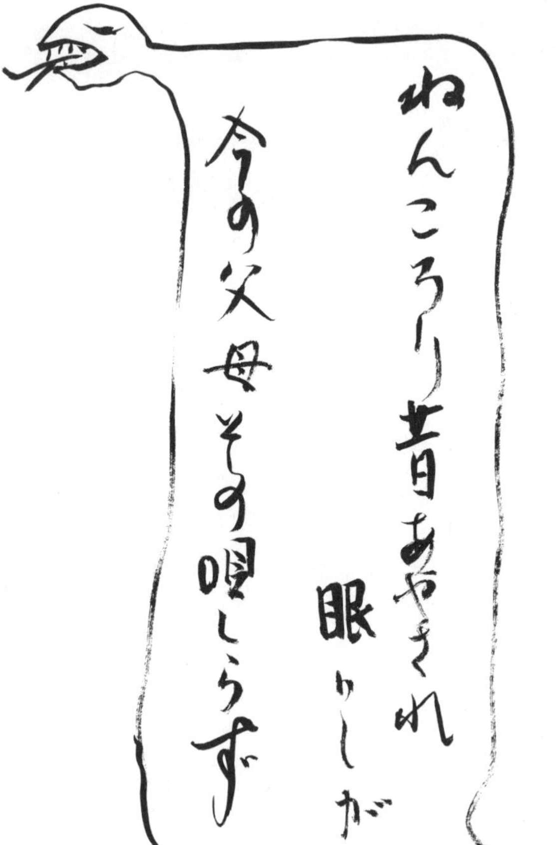
ねんころり昔あやされ
眠りしが
今の父母その唄しらず

「ねぇねばぁ、山がらモッコ来るどぉ、あっねんねこねんねこ。」幼い自分にであったか、弟にであったか、寝るとき母の子守唄を聴いた。モッコは、蒙古のこと。鎌倉幕府・頼朝の奥州攻め、大河兼任・義経を連想してしまう。

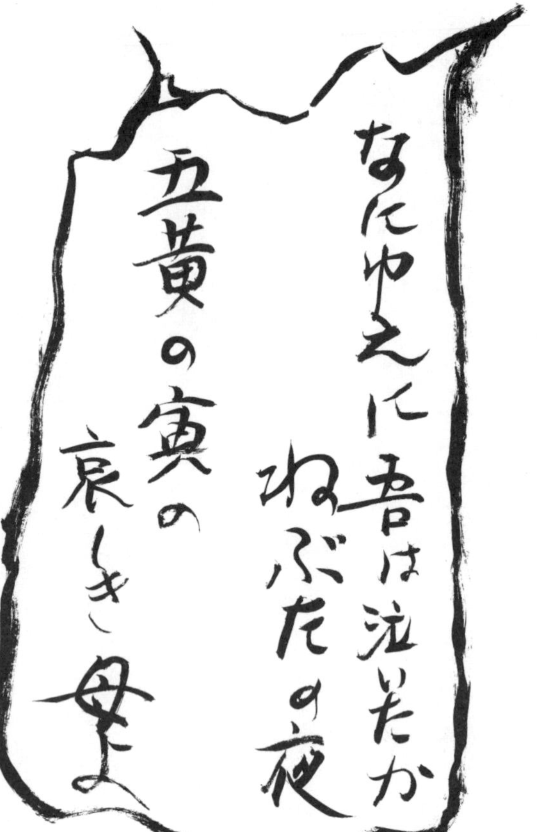
なにゆえに吾は泣いたか
ねぶたの夜
五黄の寅の
哀しき母よ

普段は忙しくて厳しい母が、ある年のねぶた祭りの夜は、何故か優しい弱々しい感じであった。何か母の身にあったのだろうか。妙に母が可哀そうな気がして泣きたくなった。

太鼓のリズムは「丹前《たんぜん》バラした野内《のねえ》の爺《じい》」と聞こえる。

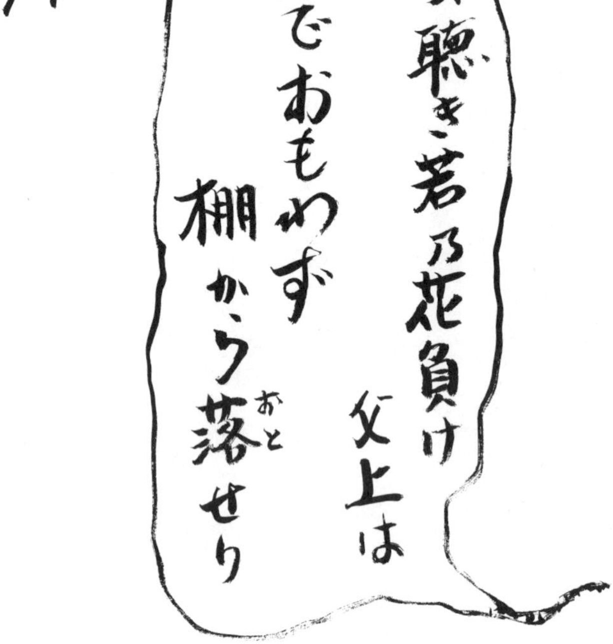
ラジオ聴き若乃花負け
父上は
火箸でおもわず
棚から落《おと》せり

手に何か、たとえば「棒」を持たないと落ちつかない人が世の中には居ると思う。
最近は、杖やステッキを持った人を全く見かけない。侍の遺伝がついに消えたのか？
家の中でも火掻き棒を持って囲炉裏の横座に居て、ラジオを聴き乍ら酒を呑んでいた父であった。

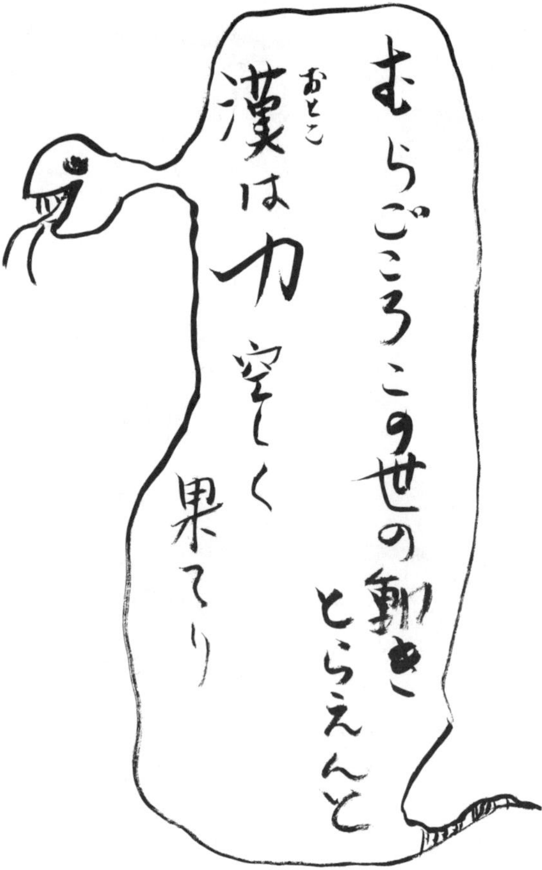
むらごころこの世の動き
とらえんと
漢《おとこ》は力
空しく
果てり

一つのことに打ち込んで成し遂げるというには、世の中は余りにも誘惑が多い。
あれが欲しいこれも欲しい、あれもしたいこれもしたい。大方の男も女も、目先の華やかさに捉えられ、空しく生を終るのだろうか。でも今世は修業だからそれでいいのかも。
しかし哀れでもある。

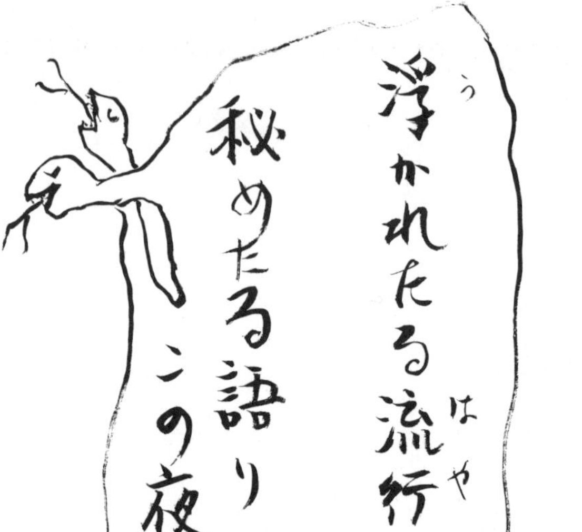
浮《う》かれたる流行《はや》り唄聴く
止り木の
秘めたる語り
この夜かぎりの

映画や演劇の中の俳優のように、作り事で他人の人生のひとこまを生きてみたいという願望が誰れにもありはしないか。
酒場の一対の男女は何を語り合っているか。

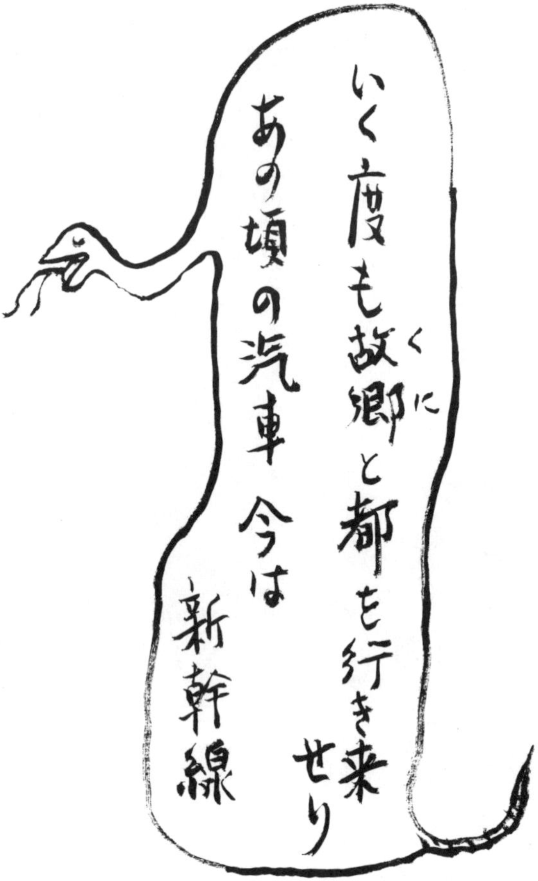
いく度も故郷《くに》と都を行き来せり
あの頃の汽車 今は
新幹線

ほんとに長い時間だった。泣きたくなる程苦痛だった。夜行列車の帰省上京は。
ガタガタン、ガタガタン。ゴオーッ。
通過する知らない町の踏切りのカンカンカン。寝しずまった村の無人の道路。
どこまでもついて来る白く輝くお月さま。

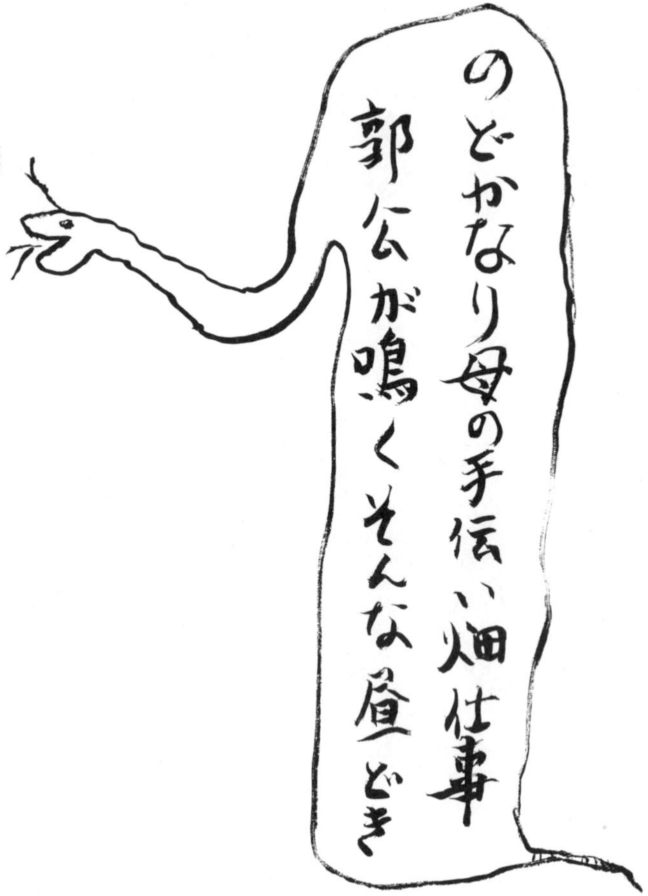
のどかなり母の手伝い畑仕事
郭公が鳴くそんな昼どき

大昔から食料を作るために親たちは働いてきた。農業を軽く見る傾向がある世の中の影響を受けたのか、僕も畑仕事の手伝いはいやだった。しかし、今思えば、いろいろな研究の成果が何千年と続いてきて、近年では農事試験場の指導もあった。世の中で一番難しい仕事だと思う。

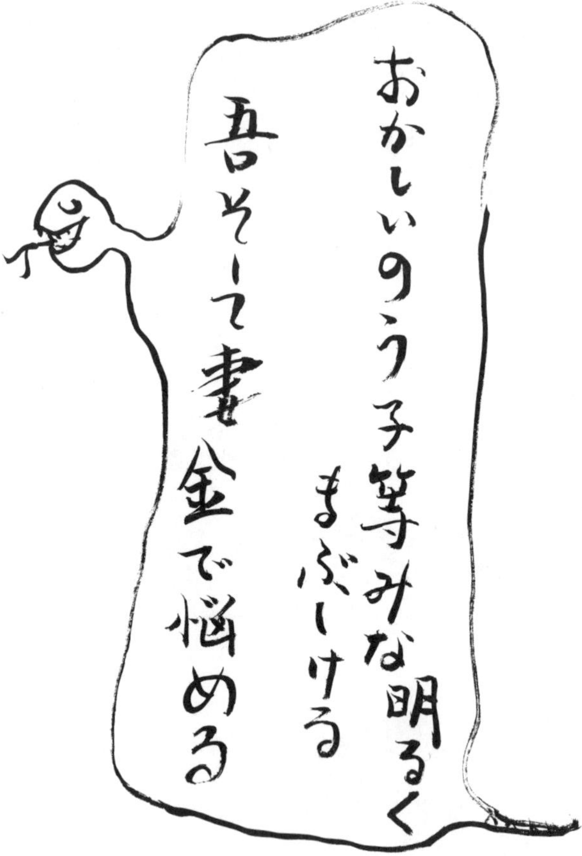
おかしいのう子等みな明るく
まぶしける
吾そして妻金で悩める

家に金があってもなくても、「憧れ」を持ちつつ、親は子供にその「憧れ」を持つように育てたい。
何に対しての憧れか。それは高く貴い何かに対しての「憧れ」だ。あらためて言葉で現わすと、少し恥しい。照れるぜ。

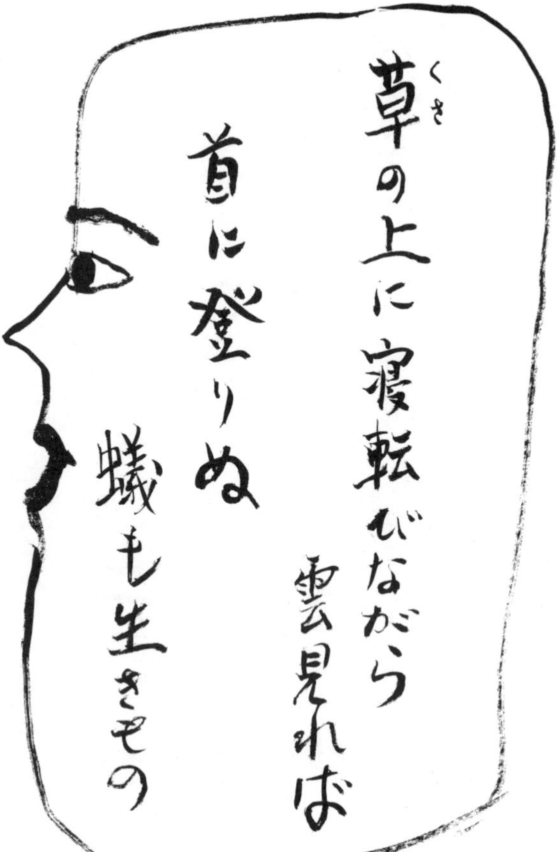
草《くさ》の上に寝転びながら
雲見れば
首に登りぬ
蟻も生きもの

真夏の午前中。何がどうということもなく、体も心も、退屈なときは、小高い丘の上で、草に寝ころんで海を眺め、そして空をゆっくり流れる雲を見ていた。しかし、アリがそこでせっせと働いていたのだ。首に登って来て文句を言いに来たのかもしれない。

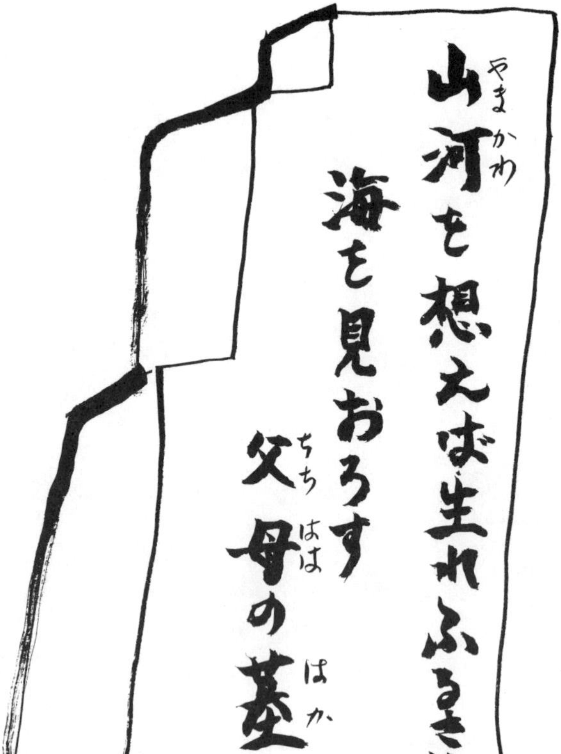
山河《やまかわ》を想えば生れふるさとの
海を見おろす
父《ちち》母《はは》の墓《はか》

人間は地球の成分で体ができている。
だから何処で灰になってもいいようなものだが、生れた所はやっぱり自分の始まりと記念の土地だから、忘れることはない。
この世の入口は、ふるさと。出口は先祖の墓。

まんずまんず生れて泣いて
空を見て
星がきらめく
吾はおろかなり

あまりにも広々と降ってくるように輝く星空の下にいると、自分一人対大宇宙の対決のようだ。
ただただ圧倒され、見透かされ、「私は愚かな存在です。」と白状したくなってしまう。

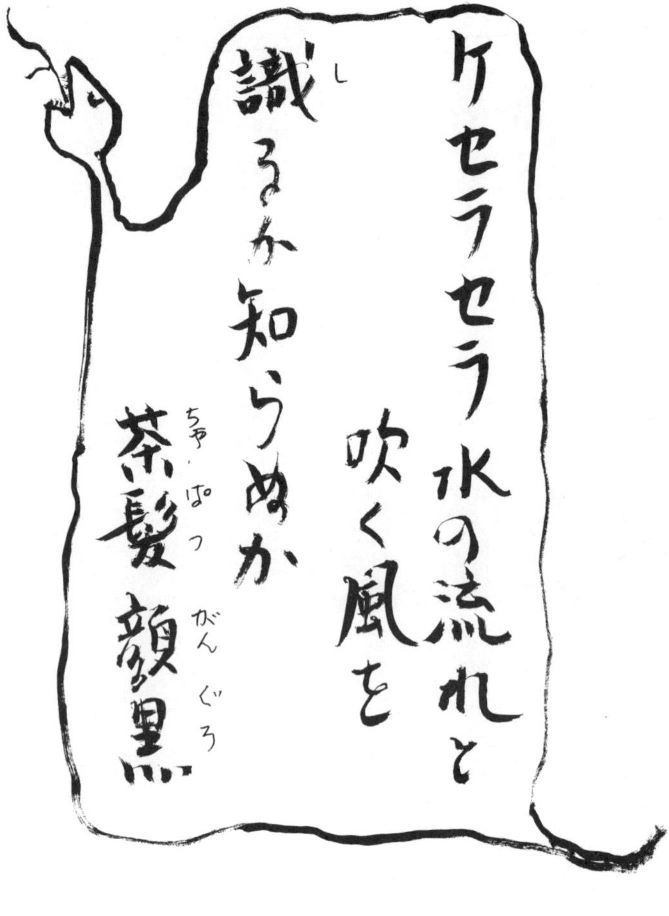
ケセラセラ水の流れと
吹く風を
識《し》るか知らぬか
茶髪《ちゃぱつ》顔黒《がんぐろ》

自然が良いと思う。人間の体はあまり手を加えない方がいいと考える。黒髪を金色に変えるのは健康的でない。

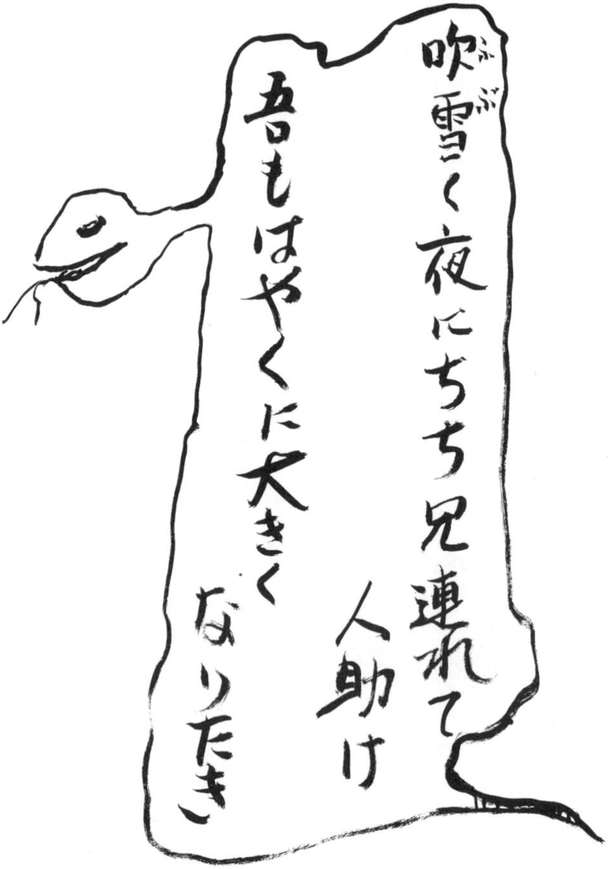
吹雪《ふぶ》く夜にちち兄連れて
人助け
吾もはやくに大きく
なりたき

昔は除雪車が出動することはなかった。
豪雪でバスが動けないとか、雪で家に年寄りが閉じ込められたとか、何かあったのだろう。夜に父が兄を連れて救助に向う一団に加わった。自分はまだ小さいので、当てにされていなかった。

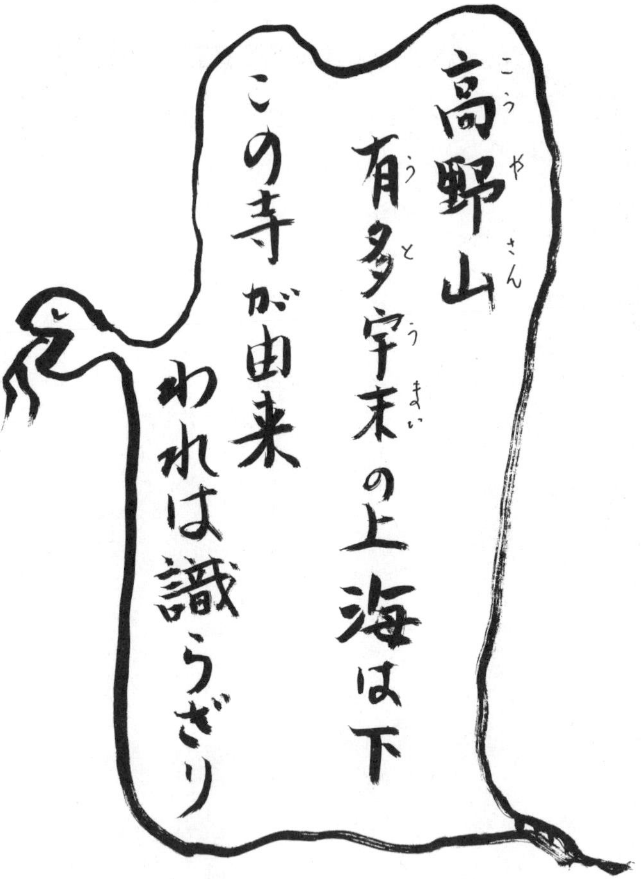
高野山《こうやさん》
有多宇末《うとうまい》の上　海は下
この寺が由来
われは識らざり

父母に、「高野山の和尚さま来れば、言うごと聞がね童《わらし》ば、衣《ころも》の袂《たもと》さ入れで連れでいってしまうどっ」とよく言われた。
それ程厳しくこわい印象の高野山だった。
そして、和尚さんはお経をあげ終えて、高野山の焼き印のある「しゃもじ」を置いて帰った。

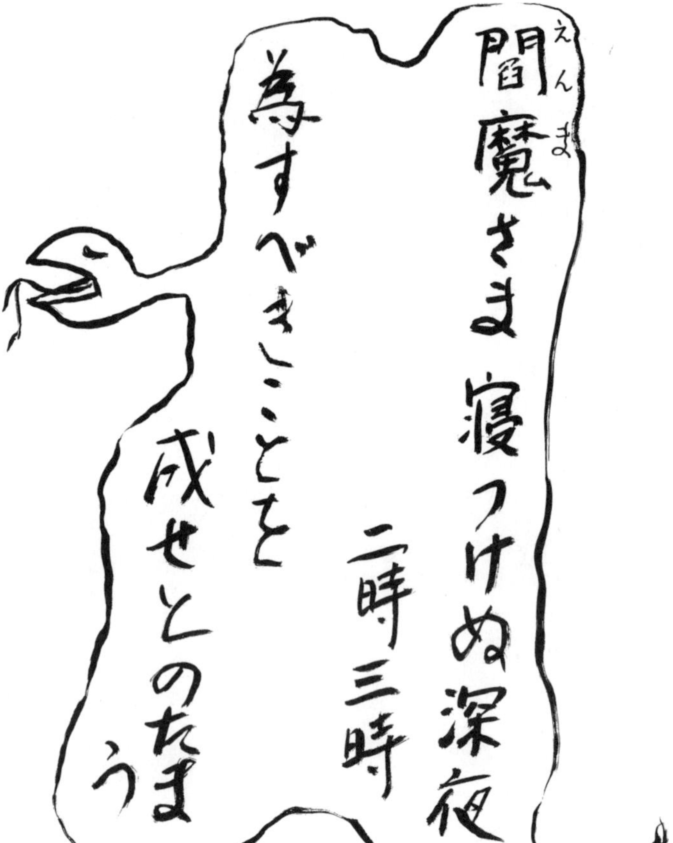
閻魔《えんま》さま 寝つけぬ深夜
二時三時
為すべきことを
成せとのたまう

ウソをつかないようにしよう。人にはもちろん。殊に自分には。しかし必要なウソもあるだろう。さらにしかし、怠け心や憶病のせいで、自分にウソをついたりせずに、するべきことを成しとげよう。

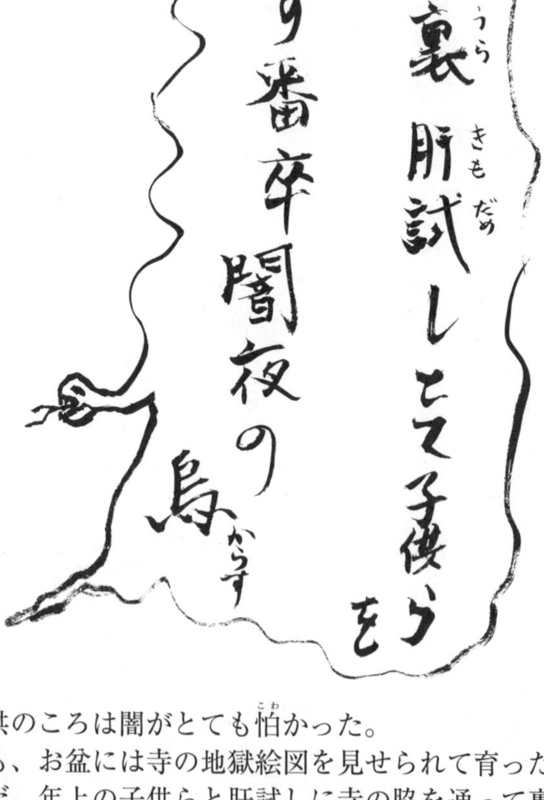

子供のころは闇がとても怕《こわ》かった。
しかも、お盆には寺の地獄絵図を見せられて育ったから余計だ。年上の子供らと肝試しに寺の脇を通って裏の墓地へ品物を取りに行かされる。カラスが一声「ガァー」と鳴く。
逃げ帰って来る子供もいた。

恐縮ですが
切手を貼って
お出しく
ださい

112-0004

東京都文京区
後楽2−23−12
（株）文芸社
ご愛読者カード係行

書　名			
お買上書店名	都道府県　　市区郡　　書店		
ふりがな お名前		明治 大正 昭和　年生　歳	
ふりがな ご住所	□□□-□□□□	性別 男・女	
お電話番号	（ブックサービスの際、必要）	ご職業	

お買い求めの動機
1. 書店店頭で見て　2. 当社の目録を見て　3. 人にすすめられて
4. 新聞広告、雑誌記事、書評を見て（新聞、雑誌名　　　　　）

上の質問に 1. と答えられた方の直接的な動機
1. タイトルにひかれた　2. 著者　3. 目次　4. カバーデザイン　5. 帯　6. その他

ご講読新聞　　新聞	ご講読雑誌

文芸社の本をお買い求めいただきありがとうございます。
この愛読者カードは今後の小社出版の企画およびイベント等の資料として役立たせていただきます。

本書についてのご意見、ご感想をお聞かせ下さい。

① 内容について

② カバー、タイトル、編集について

今後、出版する上でとりあげてほしいテーマを挙げて下さい。

最近読んでおもしろかった本をお聞かせ下さい。

お客様の研究成果やお考えを出版してみたいというお気持ちはありますか。

ある　　ない　　内容・テーマ（　　　　　　　　　　）

「ある」場合、弊社の担当者から出版のご案内が必要ですか。

希望する　　希望しない

ご協力ありがとうございました。

〈ブックサービスのご案内〉

当社では、書籍の直接販売を料金着払いの宅急便サービスにて承っております。ご購入希望がございましたら下の欄に書名と冊数をお書きの上ご返送下さい。（送料１回380円）

ご注文書名	冊数	ご注文書名	冊数
	冊		冊
	冊		冊

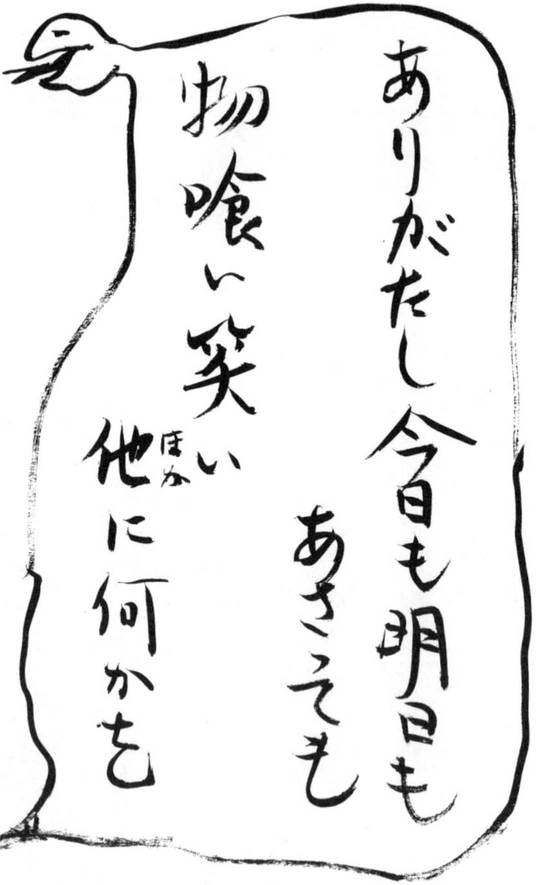
ありがたし今日も明日も
あさっても
物喰い笑い
他《ほか》に何かも

現代人の生活は、飲んで食べて笑って、肥満し、病気になって、そのために薬を飲んだり健康体操している。妙なことだ。
宴会・パーティーの客ばかりで、そのうち料理が出てこなくなりはしないか。食料生産の人が少ないから。これは天下の一大事じゃ。

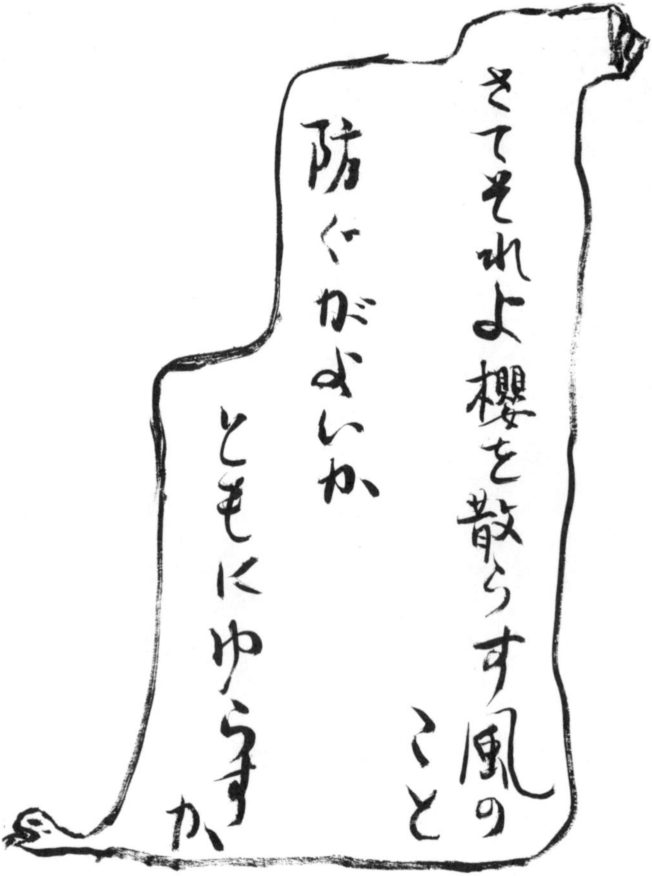
さてそれよ櫻を散らす風の
こと
防ぐがよいか
ともにゆらすか

　この世界は常に争って来た。今も。
日本はずっと昔から外国の子分になることを拒んで来た。その為か、元寇襲来・キリスト教弾圧・開国の強要、世界大戦参列と厳しい歴史を生きのびて来た。頑固であるから、あれこれ要求されても仲々言いなりにならない。これからも大変そうだ。

気《き》短《みじ》かの高名なる士《もののふ》
知事となり
頼もしけれど
じっと見守る

これまで知事のことを気に懸けてなかった。当の知事も世の中も、それ程存在感ということを考えなかったろう。でも今度、物書きで一本気な代議士が、「てやんでぇ」と国会を飛び出し都知事になった。さてどうだろうと非常に気に懸かる存在となった。

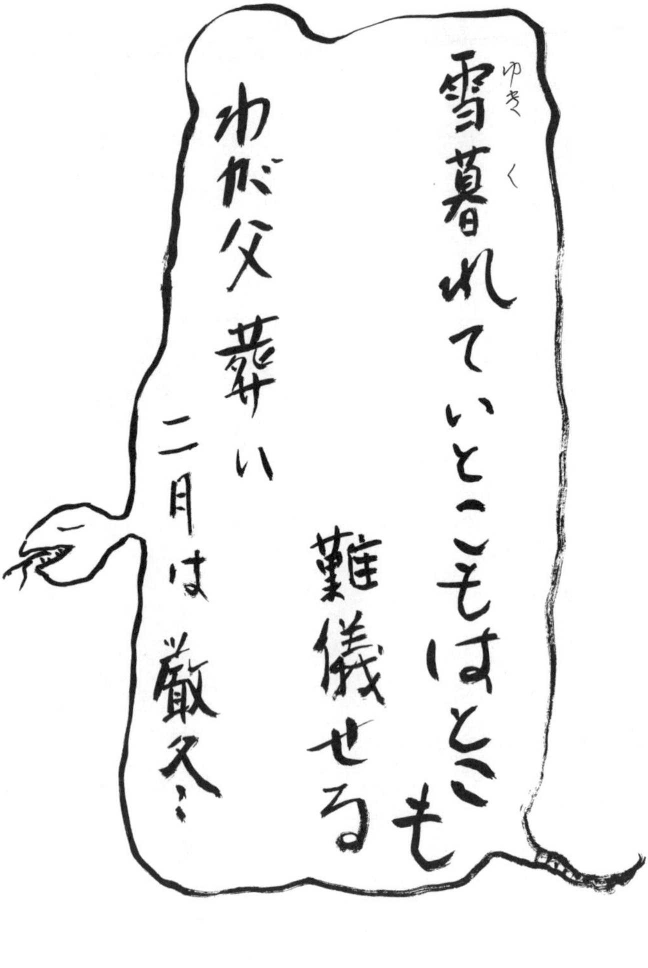

雪《ゆき》暮《く》れていとこもはとこも
難儀せる
わが父葬い
二月は厳冬

　真夏の猛烈に暑い日の葬式も大変だが、真冬の風雪の葬式は、もっと大変だ。
報《しら》せを聞いて遠くから来る縁者は大苦労だ。
年老いた弔問客は、自分も命がけだ。

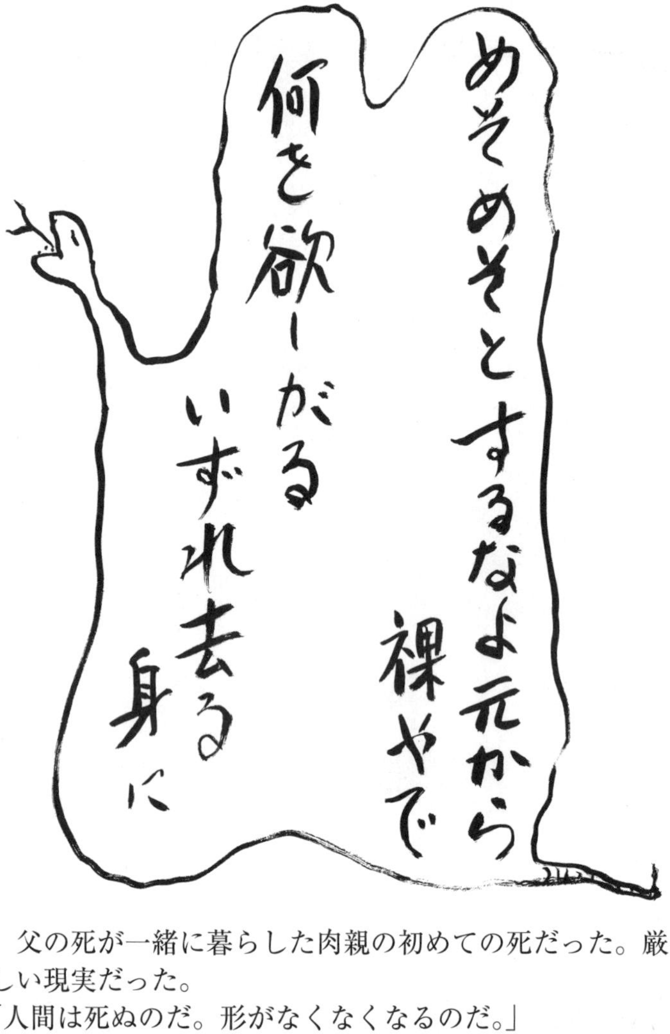
めそめそとするなよ元から
裸やで
何を欲しがる
いずれ去る
身に

父の死が一緒に暮らした肉親の初めての死だった。厳しい現実だった。

「人間は死ぬのだ。形がなくなくなるのだ。」

自分のどこか一部分が消えたような衝撃だ。無から有となり、そして無に還《かえ》る。それがこの世だ。何も欲しくない。何かを成しとげたい。そう思った。

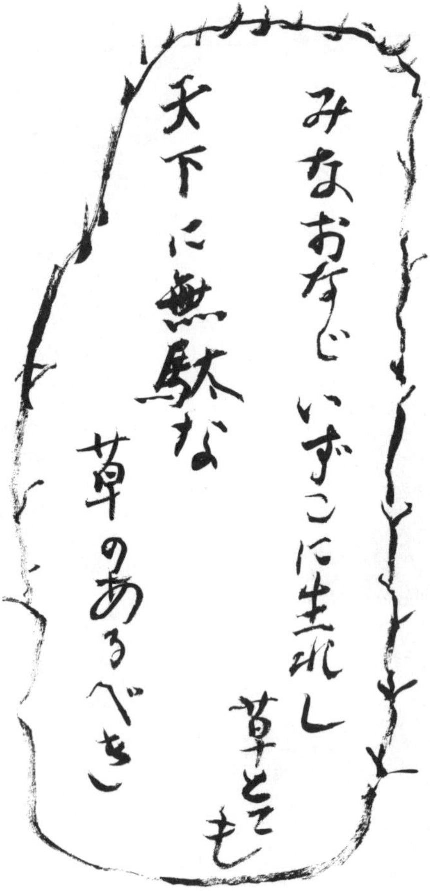
みなおなじいずこに生れし
草とても
天下に無駄な
草のあるべき

人が賢く見えたり、偉く優れて見えたりするのは、間違い。神さまの意向に反している。自分の弱気の虫だ。どんな人も必要とされているから産まれてきたのだ。何かの役に立っているか。役に立とう。

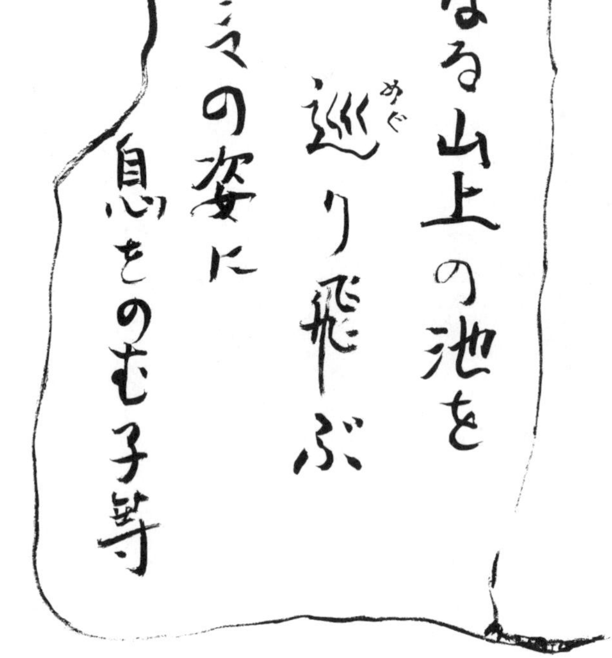
閑《しず》かなる山上の池を
巡《めぐ》り飛ぶ
銀ヤンマの姿に
息をのむ子等

その山は公園となっていて、石仏が並んでいたり、お稲荷宮があったりした。
小さな池があり、手を加えた松や紅葉《もみじ》が植わっていた。
夏休みには、たいてい銀やんまを見たくて池に遊びに行った。

襟元《えりもと》に黒子《ほくろ》みつけぬ白き肌
にわかにあわて
不動明王

大事な仕事中、対談の相手が美女だったりしたら、えりもとに黒子でも見つけたときに「黒子がありますねっ。」と言おうものなら、そんな邪なことを考えていることを怒るだろう。不動明王のように

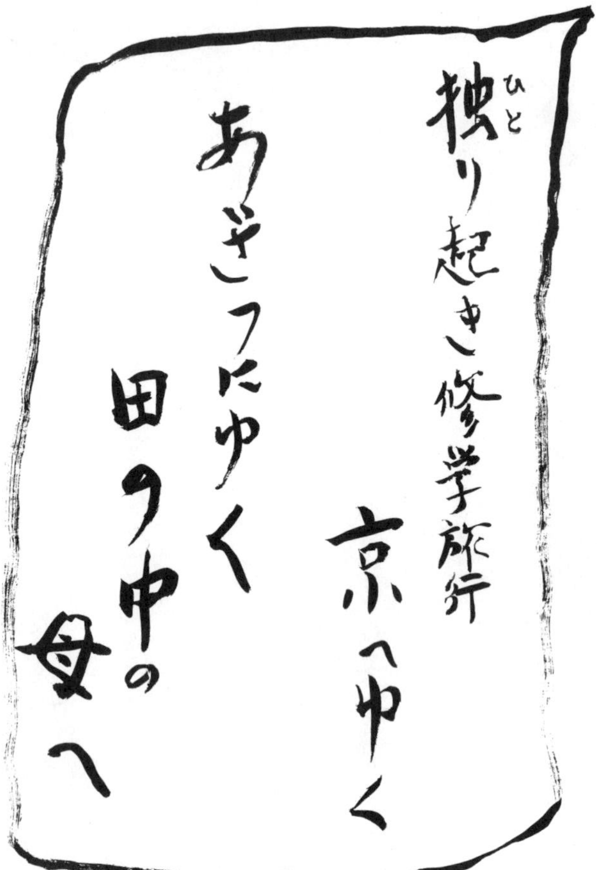
独《ひと》り起き修学旅行
京へゆく
あいさつにゆく
田の中の
母へ

五月は田植えの準備作業で忙しい。
前の晩に大方は旅行の準備をしたが、母は日が昇るとともに田に行っている。せめて殊勝なところを見せようかと、感謝の気持ちを込めて 、一言、「行ってくる。」と声を掛けた。

大

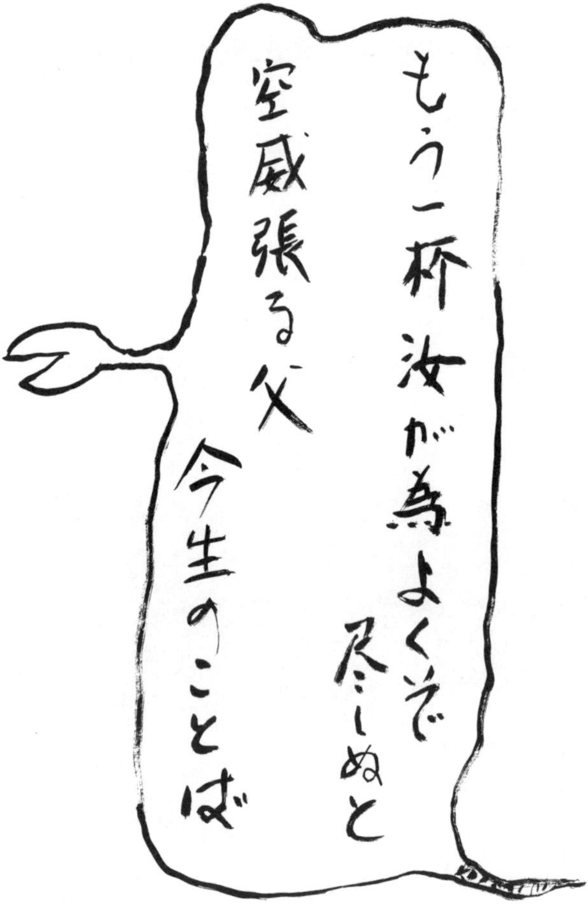
もう一杯汝が為よくぞ
尽しぬと
空威張る父
今生のことば

たしかに言ったと確信している。
酒呑みの父が、母に「ありがとう。よくよく従いて来てくれた。」という意味の言葉を。窓外には雪野原が、お月さまにきらきら輝いていた。穏やかな二月の夜であった。生の終わりを覚っていた父だったのか。

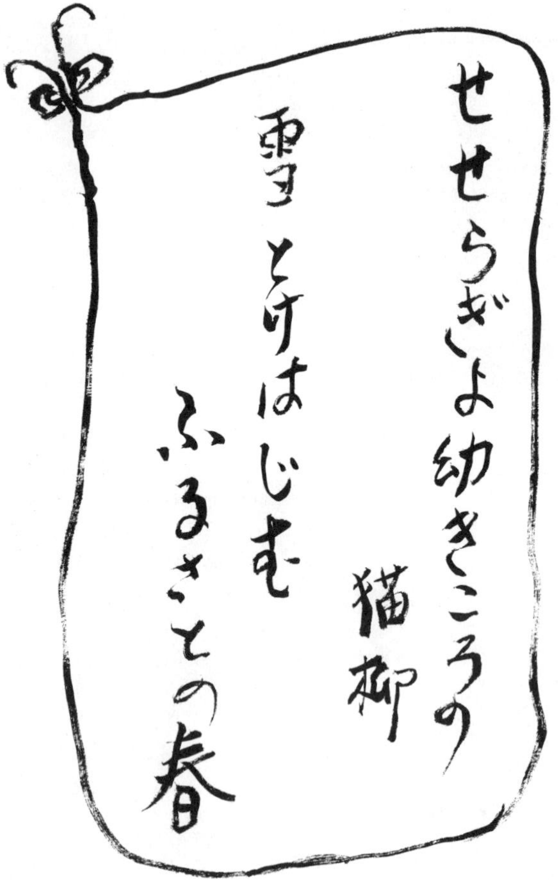
せせらぎよ幼きころの
猫柳
雪とけはじむ
ふるさとの春

あの川は山際の小学校の校門の前を流れ、旅館街の間を通り海に出る。

春の天気の良い日、よく長靴をはいて川の上流へ遊びに行った。雪の中からとび出ている、猫柳を折り取った。

もうすぐ雪とおさらばの春が待ち遠しかった。

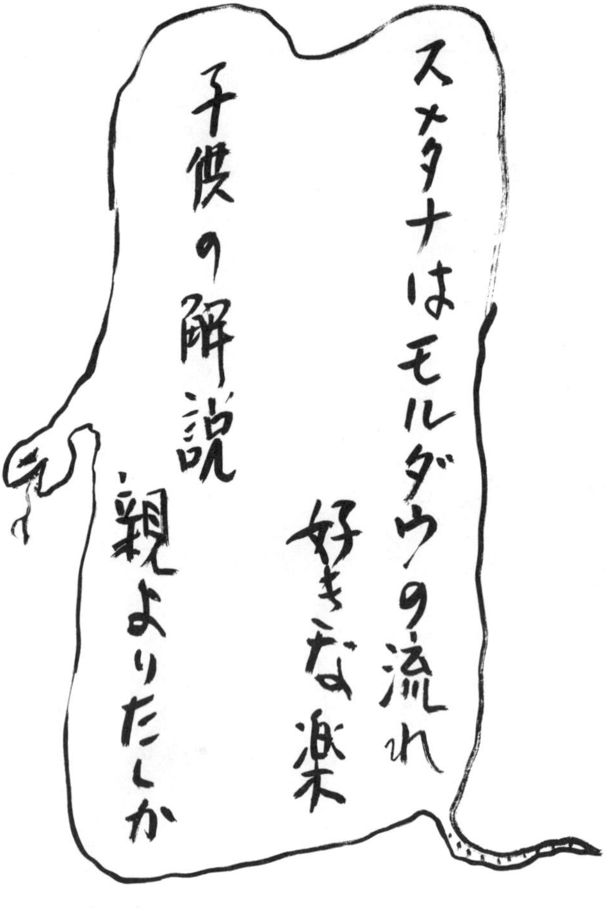

この音楽いいねぇ、昔からいいなあと思ってたんだ。
すると娘がスメタナの「我が祖国」という曲だといい、
そして辞典を持って来た。
きっと日本よ、祖国よ、と思いつづける大人になることだろう。？

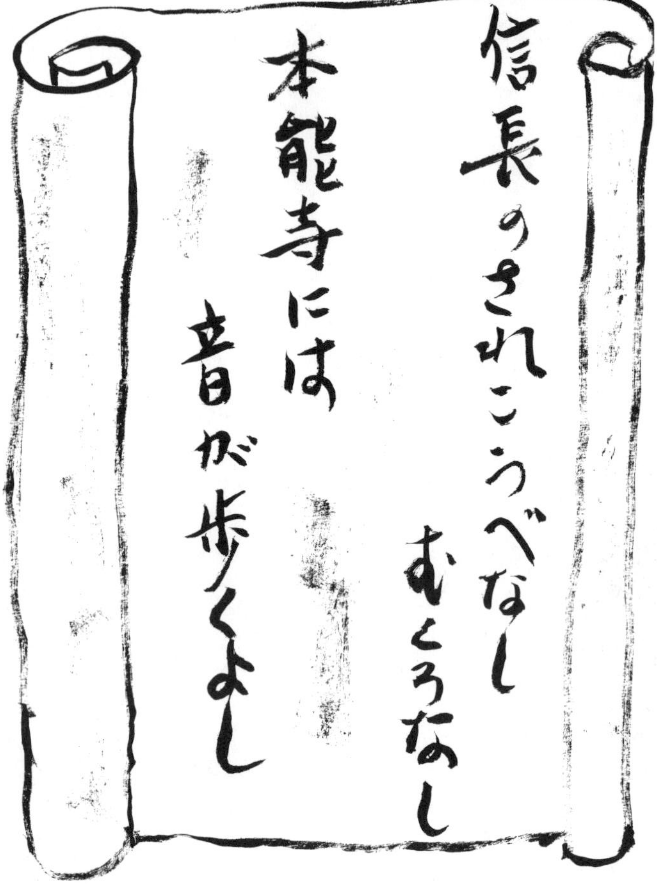
信長のされこうべなし
むくろなし
本能寺には
音が歩くよし

　謡曲「敦盛」を舞いうたっという男。そして家来を殴り飛ばす男。言語道断の男。
今でも本能寺で、肉体を失ってからも武将どもに下知をとばし歩き回っているかもしれない。

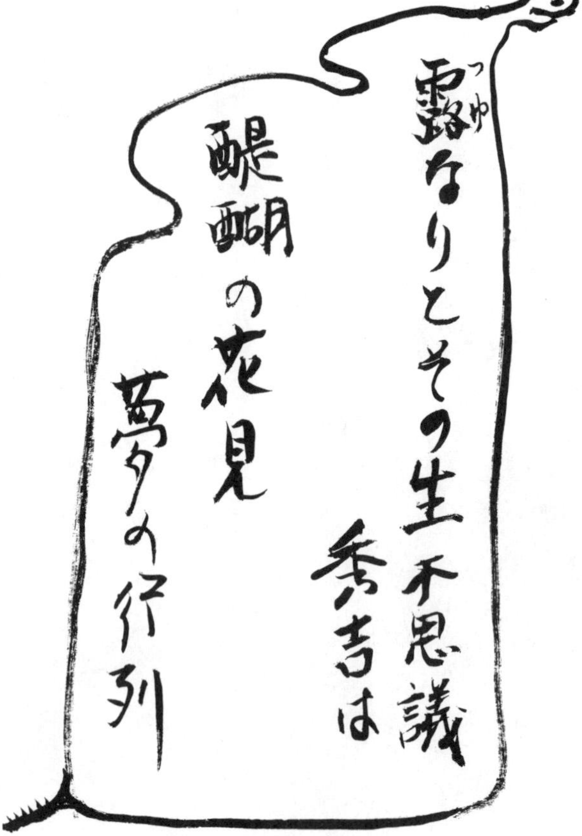
露《つゆ》なりとその生不思議
秀吉は
醍醐の花見
夢の行列

豊臣秀吉は、天下を治めてやろうと思って出発したのだろうか。違うと思う。
裕福になりたい一心で、親に楽をさせたいという願望で、人目を気にせず働いた結果だろう。働きが段々と大きくなってしまって太政大臣に登ってしまったのだろう。極端な運勢は悲惨でもある。

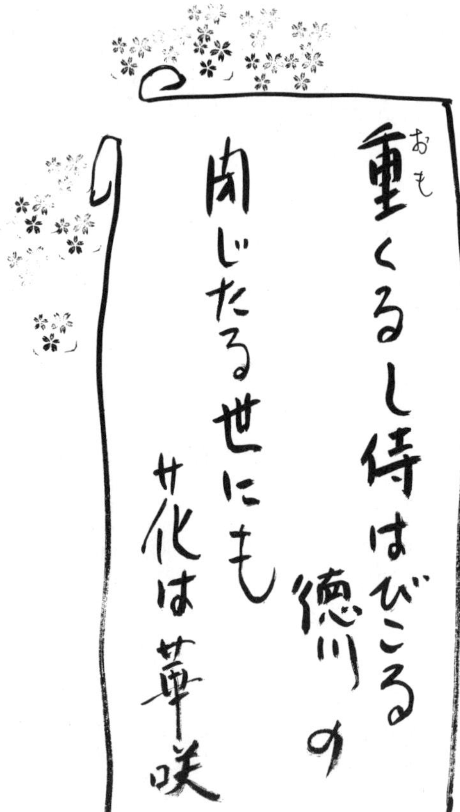
重《おも》くるし侍はびこる
徳川の
閉じたる世にも
花は華咲く

侍もさぞ窮屈だったろう。その下にいる農民も町人も迷惑だったろう。なぜそんな社会が三百年近く続いたのか。自己変革は難しいのだろう。

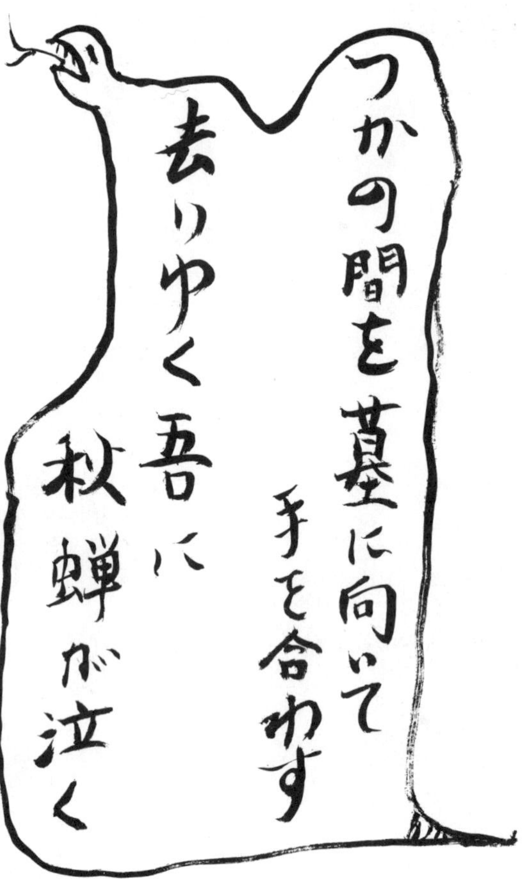
つかの間を墓に向いて
手を合わす
去りゆく吾に
秋蝉が泣く

お金と時間の関係で、めったに墓参いりをしないでいる。
あるとき、故郷に特別に用事ができたときに一人でお参いりしたことがあった。短い墓参を終えて、石段を降りて帰るときに、激しく、遅い日暮し蝉が鳴き始めた。背中に泣いていた。

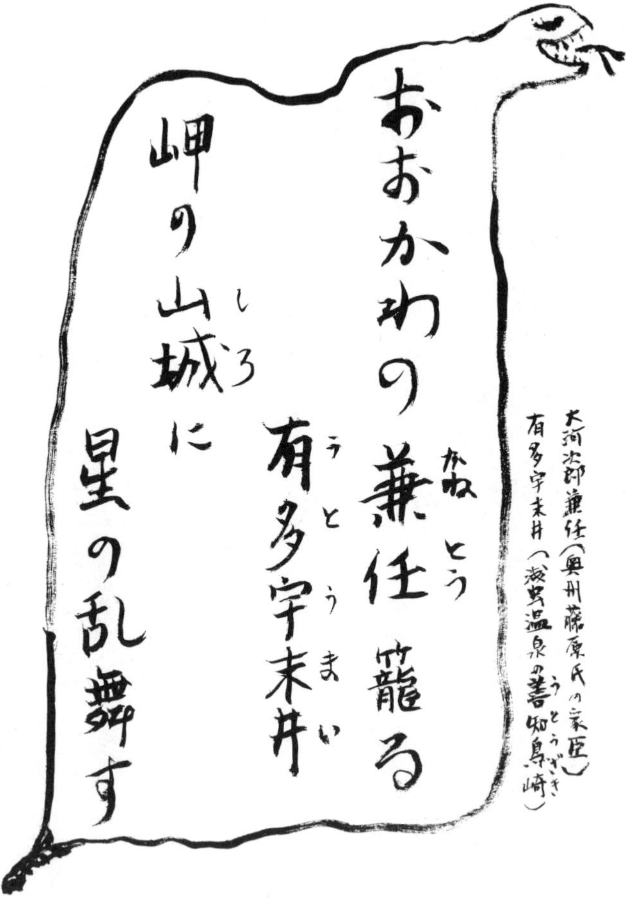
大河次郎兼任（奥州藤原氏の家臣）
有多宇末井（浅虫温泉の善知鳥崎《うとうざき》）
おおかわの兼任《かねとう》籠る
有多宇末井《うとうまい》
岬の山城《しろ》に
星の乱舞す

僕の生れ育った村の南西の岬に、山城があったと父が話してくれたことがあった。
後年それは、源頼朝方の奥州攻めのとき、藤原氏側の武士が追われ乍らも、抵抗し巻《ま》き返しを計った拠点であるという。
「吾妻鏡」に記述があるという。

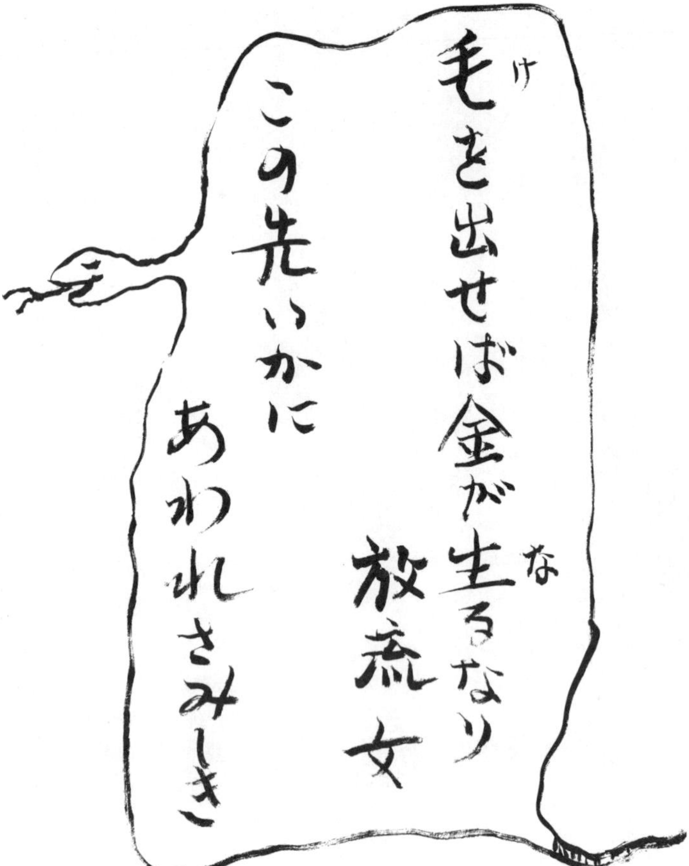
毛《け》を出せば金が生るなり
放《な》流女
この先いかに
あわれさみしき

幼い頃にお母さんと将来を話し合った若い娘が、夢実現の手段なのか、裸になり恥部を世の中の明るいところで曝け出した。
さみしいことだ、誰のせいだろう。

壱萬円

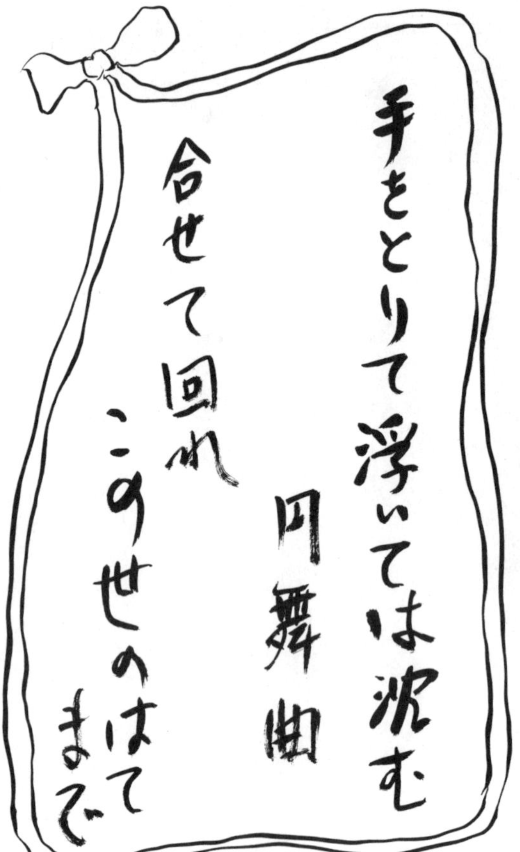
手をとりて浮いては沈む
円舞曲
合せて回れ
この世のはてまで

　生きてゆくには伴侶が必要だ。
山あり谷あり、浮いたり沈んだり。どちらか先に亡くなれば、あとのことを頼むことになる。曲はワルツを。ノクターン（愛情物語）で踊ろうか。

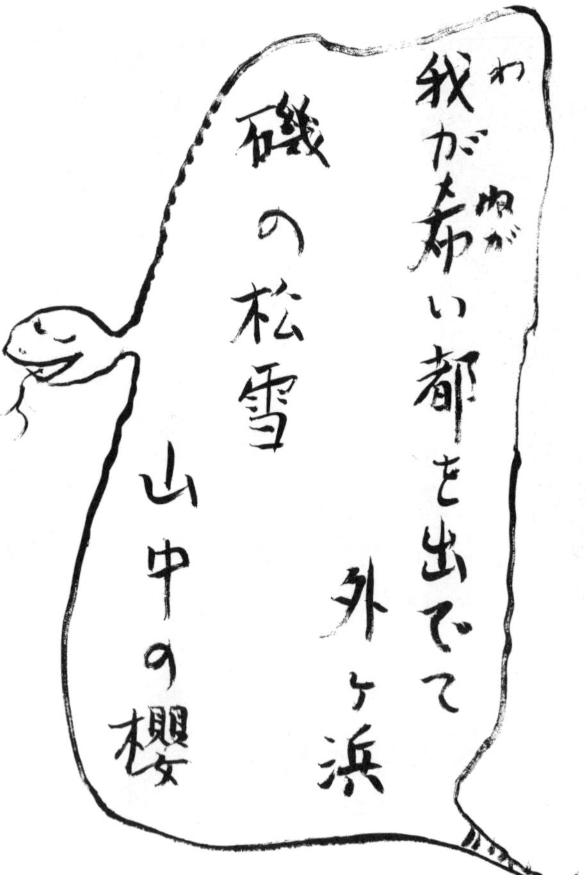

　ハンガリアン・ラプソディ。
南部地方の馬牧場、八甲田山、岩木山、津軽海峡、猛風雪、ねぶた祭り。
ちょっと似てないところもあるが、この曲、ハンガリアン・ラプソディを聴きながら、故郷を思い出すと、仲々よい気分だ。

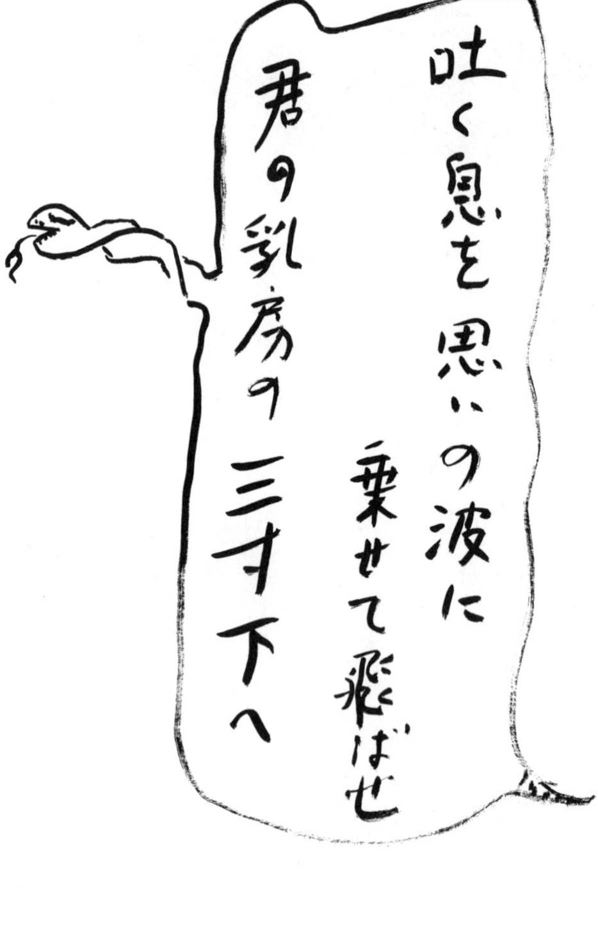
吐く息を思いの波に
乗せて飛ばせ
君の乳房の三寸下へ

ため息をつくのではなく、慕いあこがれるときの息。（sigh　for）。
あこがれの人の胸、胸より少し下の肚あたりに思いが届けば大変うれしい。

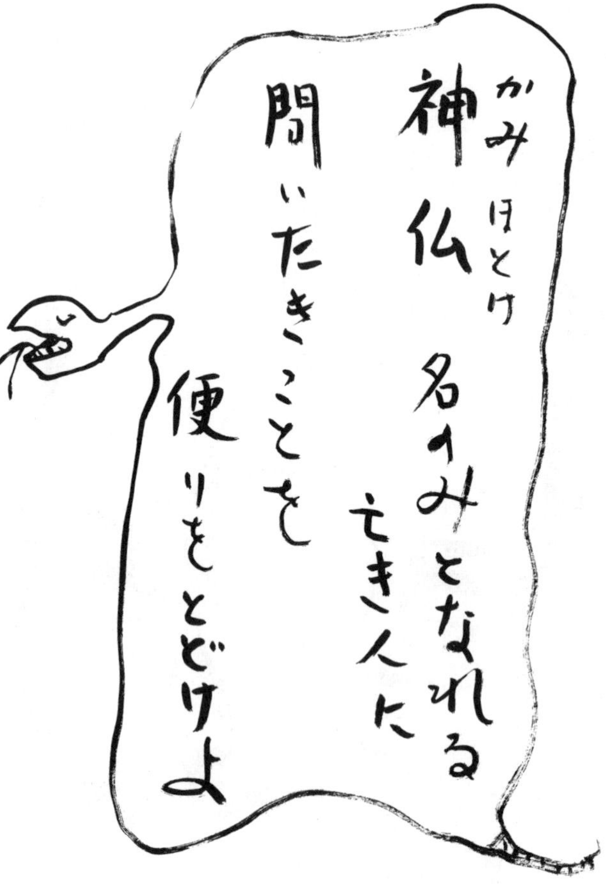
神《かみ》仏《ほとけ》名のみとなれる
とき人に
問いたきことを
便りをとどけよ

死んでしまえば、語ることはできない。しかし生きていては余計に話せないこともある。だからこそ、ふと思いついて是非問いたいこと、教えて欲しいことがある。死んだ人に、そっと尋ねてみたい気持が起る。その方法があるのに現代人は知らないだけかもしれない。

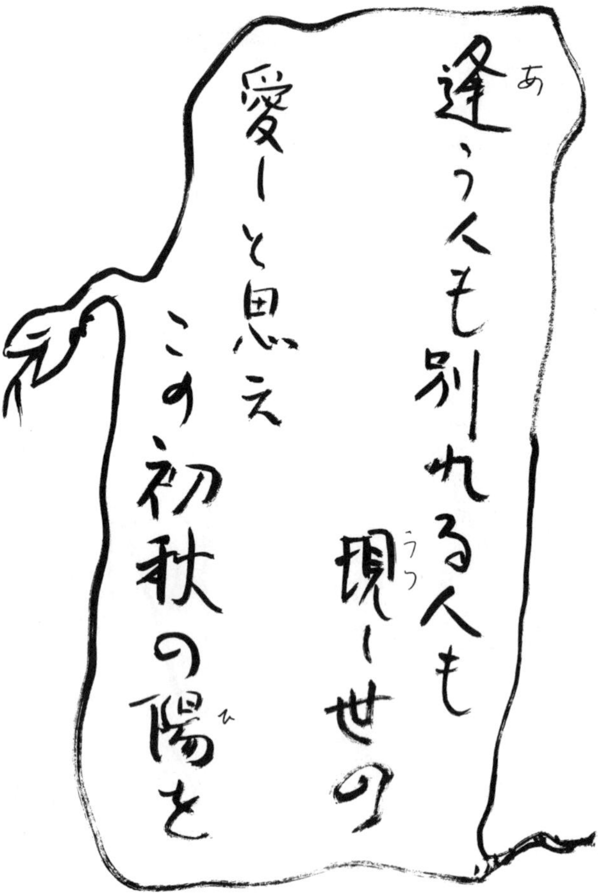
逢《あ》う人も別れる人も
現《うつ》し世の
愛しと思え
この初秋の陽《ひ》を

生きて在ることが、不思議に思える時がある。生れて親を知り兄弟姉妹を知り、友人と逢い、恋人と結ばれ、子と出会いそして死に別れ。出逢いと別れ、それがこの世の人生。

日は昇り、陽は沈み、闇となってまた日が昇る。

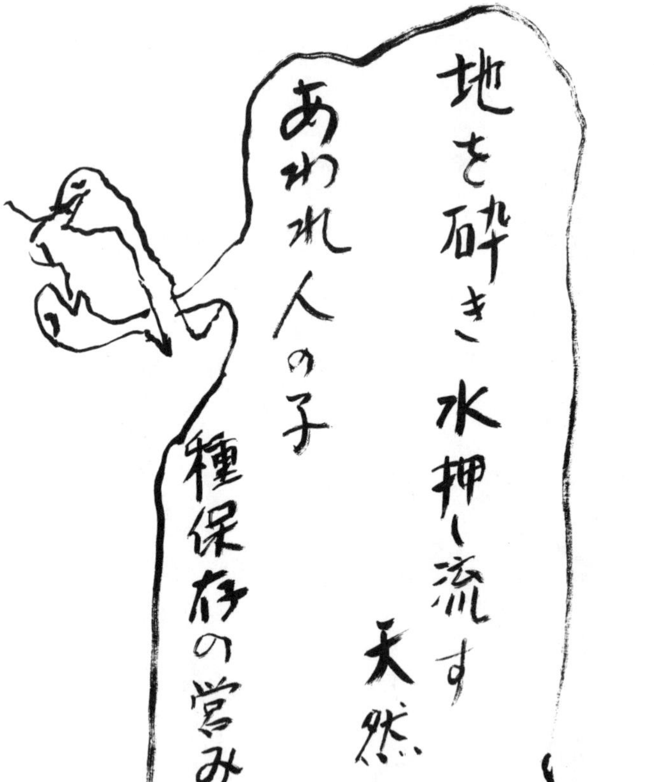
地を砕き水押し流す
天然に
あわれ人の子
種保存の営み

地球の生命活動の一部である人間は、自然の活動に抵抗して生きている。
地震も風水害も非情である。人間だけにではなく虫にも、魚にも、鳥にも全て生きものに非情である。しかしその自然の恵みもある。

あとがき

意気込むこともなく、卑下することもなく、千二百年の伝統の重みに畏れながらも寄り掛からず。三十一文字、五七五七七を基にして詩を作りたい。

自分が生まれてから今あることの喜怒哀楽等々を素直に

記録したい残したい。
表現したいことは数多あっても
全てを形にすることは難儀である
仲々叶わない。
しかしとにかく実行してみよう。
それがこの歌集です。
読まれた方が、
どのような感想を持たれるか
楽しみです。

〈著者プロフィール〉

喜多野　朝虫（きたのあさむし）

昭和26年６月10日生れ・青森県出身

双子座・血液型Ｂ型・男性

趣　　味：ラジオを聴く・駄ジャレを考える

好きな歌：イヴェット・ジロー「詩人の魂」

「ポルトガルの四月」

小林　　旭　「アキラのズンドコ節」

美空ひばり　「津軽のふるさと」

ブレンダ・リー　「想い出のサンフランシスコ」

舟木　一夫　「その人は昔」

二宮ゆき子　「松の木小唄」

以呂波泡沫《いろはうたかた》

2001年１月15日　初版第１刷発行

著　者　喜多野　朝虫

発行者　瓜谷　綱延

発行所　株式会社文芸社

〒112-0004　東京都文京区後楽2－23－12

電話03-3814-1177（代表）

03-3814-2455（営業）

振替00190-8-728265

印刷所　株式会社フクイン

乱丁・落丁本はお取り替えします。

ISBN4-8355-1228-6 C0092